U0485041

DONGZHI
DA RU NIAN

冬至大如年

秦玉峰 ◎ 主编

时代出版传媒股份有限公司
安徽文艺出版社

图书在版编目(CIP)数据

冬至大如年/秦玉峰主编.—合肥:安徽文艺出版社,2018.12
ISBN 978-7-5396-6523-8

Ⅰ.①冬… Ⅱ.①秦… Ⅲ.①中国文学-当代文学-作品综合集 Ⅳ.①I217.1

中国版本图书馆 CIP 数据核字(2018)第 270110 号

出 版 人:朱寒冬
责任编辑:姜婧婧 刘 畅　　　　装帧设计:张诚鑫

出版发行:时代出版传媒股份有限公司　www.press-mart.com
　　　　　安徽文艺出版社　www.awpub.com
地　　址:合肥市翡翠路1118号 邮政编码:230071
营 销 部:(0551)63533889
印　　制:安徽联众印刷有限公司　(0551)65661328

开本:710×1010　1/16　印张:13.75　字数:280 千字
版次:2018 年 12 月第 1 版　2018 年 12 月第 1 次印刷
定价:52.00 元

(如发现印装质量问题,影响阅读,请与出版社联系调换)

版权所有,侵权必究

《冬至大如年》编委会

主　　编：秦玉峰
执行主编：马淑敏
编　　委：刘广立　尤金花
　　　　　王延涛　刘广源　任儒倬

目 录 Contents

散文

东阿圣品 / 刘醒龙　003

天水 / 沈念　012

裸地 / 马淑敏　018

阿胶国度 / 草白　022

一盏菩提(组章) / 黄恩鹏　032

东阿之行 / 蔡东　045

冬至里，一朵永远盛开的繁花 / 翠微　050

透过"透明"看阿胶 / 李浩　059

东阿漫笔 / 王巨才　064

大地客至·冬至 / 刘学刚　079

冬至大如年 / 马淑敏　085

你漂洋过海,依然貌美如花 / 叶梅　092

老字号 / 侯磊　097

问水 / 耿立　107

东阿小记 / 魏新　112

东阿行 / 张楚　119

春日访东阿 / 彭敏　126

诗歌

熬胶(外一首) / 弓车　135

寻阿胶记 / 阿华　140

东阿阿胶的神秘之力 / 高建刚　151

十二月一日游阿胶园 / 戴潍娜　159

冬至(外二首) / 中海　161

冬记(散文诗) / 梅一梵　166

在阿胶的温存中滋润生活(组诗) / 王志彦　173

阿井记(外一首) / 杜立明　179

冬至,在雪的田野上走了很久(组诗) / 蒋志武　183

雪花辞(组诗) / 艾川　187

左右的冬至 / 左右　196

冬至的语言 / 庄海君　198

黄昏(十二首) / 王桂林　203

散文

散 文

东阿圣品

刘醒龙

冬至节将到未到时,东阿小城里里外外就热闹起来,大街上车辆如流,小巷中人群如蚁。从四面八方来的人,赶在这个日子来此地,有想见证一个著名传说的,更有想将这传说货真价实地买走的。这样的小繁华、小安逸,让我记起自己写过的几幅字:小背叛、小疯狂、小痛快、小忧伤。

站在东阿任何一处,都会发怀古之幽思。从西北来的苍老烈风,经历高秋,飘过昏鸦羽翼,在半空中盘旋的模样,似乎还在凭借记忆寻找当年的文天祥。想那英豪昔日何以面对愁惨原野,萧条城郭,严霜丰草,微红扶桑,面对许许多多小背叛积累而成的大背叛,许许多多小疯狂汇聚而成的大疯狂,在东阿一带某座孤馆中稍宿一晚,便被北风吹白了头。

那座海拔八十米多一点的小鱼山,依着泛泛黄河才显得有些高度,巍峨雄浑的太行山和泰山就在眼前,水做的黄河想帮忙也无济于事,所幸才高八斗的曹子建,将一生中的大痛快和小痛快,大忧伤和小忧伤,永远安放在此。

因为曹子建,小小的小鱼山,变成了一只巨大的铜釜,燃着人世上的豆禾豆萁,煮着天地间的青豆红豆。

英雄不走无名之路,才子不登无情之山。

我等专程前来,似东阿这样的小地方,引得来英雄,也留得住才子,实实在在与传说了三千年的阿胶有关。

"阿胶一寸,不能止黄河之浊。""阿胶"一词第一次出现在典籍里就记载着神奇。淮南王刘安在《淮南子》中所写,明里说了阿胶的不能,但那种以一寸见方的小块阿胶,欲使千里万里黄河变清的判断,足以表明这细小物什的非比寻常,虽然没有惟妙惟肖写来,其是世间万物难以比拟的不凡已经跃然。日后的王安石,借了此意,以"我欲往沧海,客来自河源。手探囊中胶,救此千载浑"来抒发情怀。与王安石在政治上互为对手的苏轼,也忍不住借此说人说事:"投以东阿清,和以北海醇。"那位晚唐诗人罗隐,先后十次败在科举考场,极度痛苦的经历,让他一边发誓再不到长安,一边借说黄河现在这种样子,是从昆仑山上下来时就浑浊了的,进而嘲讽朝廷:"莫把阿胶向此倾,此中天意固难明。"所有意思,无不在说,世道太浑浊,就算是用阿胶一样的灵丹妙药,也只能盼着传说那样让黄河千年一清。然而,千年后,知谁在?人生苦短,到那时又何必烦劳谁个报什么太平?后人有说这是"失之大怒,其词暴躁"的,以诗而论,这样评论有失诗道,以该诗的关键词,阿胶的"温柔敦厚"来辩证,却是十分正确。清康熙年间某穷汉去找江南名医叶天士看病,说自己身体无恙,只是穷困潦倒,看有没有办法治穷病。叶大夫给了他几颗橄榄,让他回家种下,说明年就不穷了。第二年,橄榄树只长出了叶子,既没开花,也没结果,穷汉正觉得脱贫无望,忽然上门买橄榄叶子的人络绎不绝,原来叶天士预知将有一种时令疫病流行,药方里需要橄榄叶作为药引。正是这位叶大夫留有名言"阿胶为血肉有情之品"。如此形容阿胶的,也只有如此替人看病的叶大夫。

散　文

良医不用无典之药，大药不生无良之地。

用一个夜晚铭记文天祥的东阿，用一万年时空容留曹子建的东阿，配得上阿胶这样的经典，可以吃，可以喝，可以闻，可以抚摸，可以救死扶伤，可以化腐朽为神奇，还可以读，可以写，可以品鉴人世与史实。

一个杨贵妃，金枝玉叶一样长在北方长安，却捧红了南方的枝头尤物。都一千年了，美人未见颜老色衰，荔枝也不曾香消玉殒。古今以来，凡是被捧红的，不见得都被捧杀得干干净净，至少有一两样装点红颜的东西会在世上流传。唐直道上那急如星火的踏踏蹄声，人困马乏也不敢稍稍停歇，说到底只是女人用娇美换来的一种恩宠，为了一个人的小馋嘴，不惜耗费民膏民脂，也不管那江山社稷。故事很美，传说也浪漫，却于天下无益，于苍生有害。女子再好，也会任性。可以这么说，女人越好越是任性，哪怕大小麻烦临头了，也要由着小性子。话说回来，女人如果不任性，比如杨贵妃，若只是馋那长安城外的桃李杏，那就不是杨贵妃这种级别的女人了。男人可是任性不得，像当大哥的曹丕，一朝任性，才高八斗的弟弟项上人头险些落地。所幸才华横溢的曹子建硬是在阎王爷的生死簿上写成《七步诗》。杨贵妃的捧红与曹丕大哥的棒杀都是任性，那些不似任性的东西，比如皇权在手的哥哥，让弟弟用一诗来搏生死，纵使有忌妒其才华的意思，也是为了看看弟弟的才华是不是真的高至八斗了。那杨贵妃就更有妙法，有唐诗云："铅华洗尽依丰盈，雨落荷叶珠难停。暗服阿胶不肯道，却说天生为君生。"明明是习得阿胶至美真经，却对唐明皇说，自身的每寸肌肤都是天造地设为着皇上生出来的。这样的娇嗔，不只是女人征服天下的撒手锏，更是除了亲姐妹谁也不肯轻易传授的定心丸。遍读诗书文章，也只发现在杨贵妃之外，唯有她那被封为虢国夫人的三姐，那个在容颜上一点不输杨贵妃的女子，因为觉得脂粉会玷污了自己的本来面目，而素面朝天地去见妹夫，却原来也是一日三盏东阿阿胶，蓄足冶媚，取悦唐玄宗。

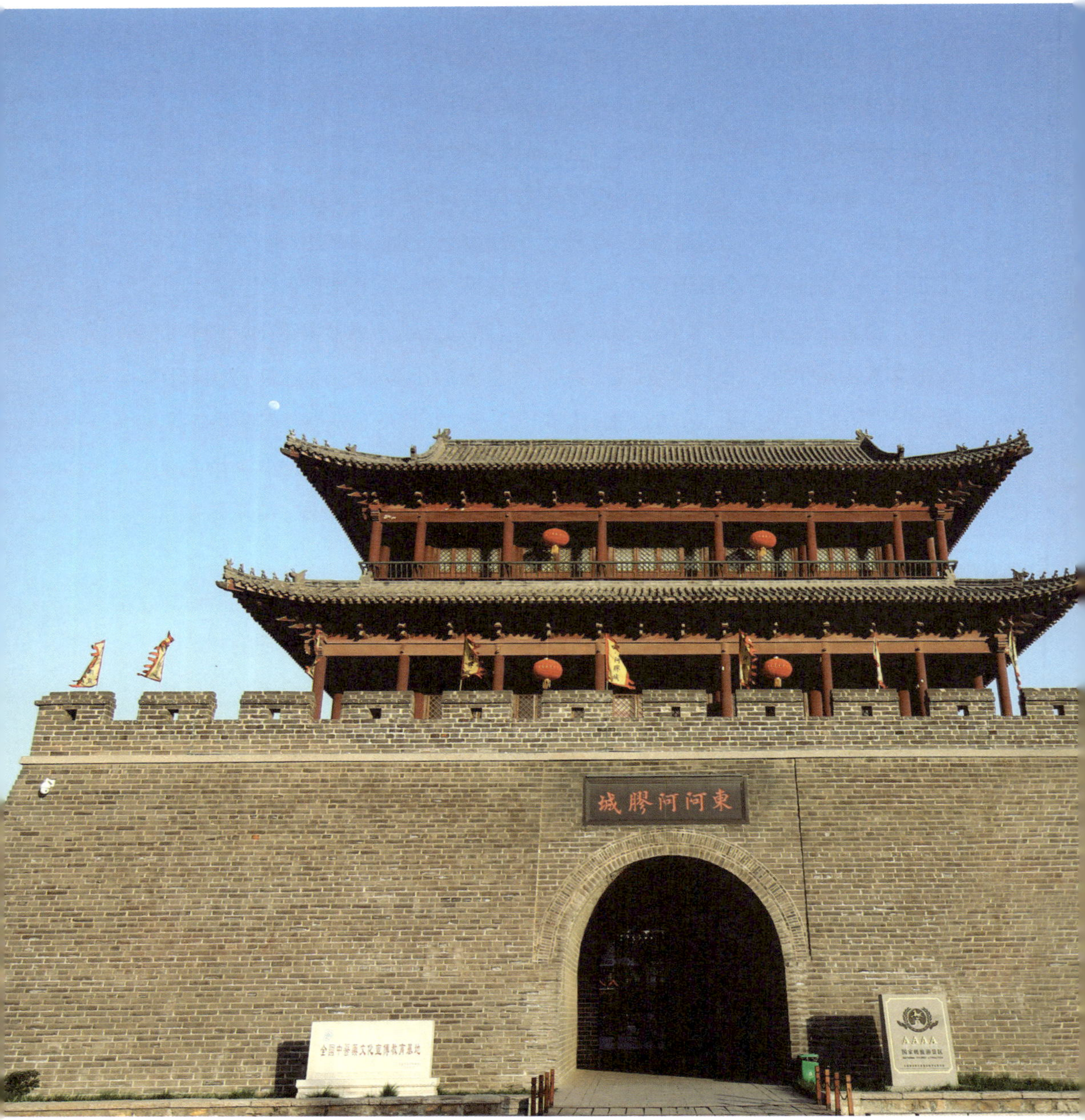
東阿阿膠城

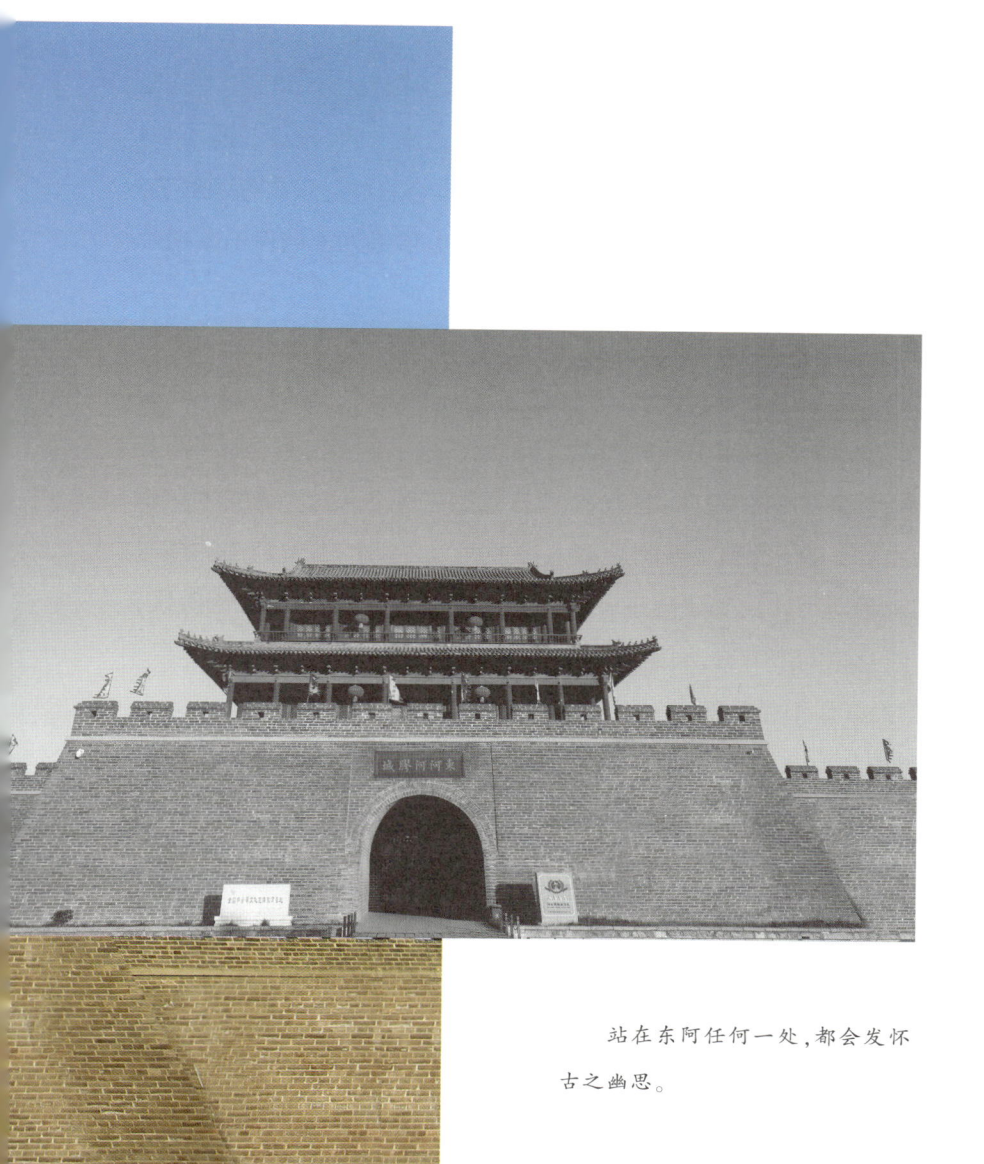

站在东阿任何一处,都会发怀古之幽思。

像杨贵妃和她家三姐这种国色天香级别的美人，都要小心翼翼地不肯示人，硬是将阿胶至美秘诀上升为皇家机密，是否传奇且慢定论，其中道理足以惊醒世人，被杨贵妃捧红的荔枝，不就是街上三步一店，五步一铺，叫得响亮的那些时尚之物嘛！那朴实如阿胶的，其色、其香、其形，只有意识到了，才具备血肉有情的品位，才会将这血肉有情之物，珍惜为十倍百倍的褐珍珠、乌玛瑙和黑钻石。

淮南王为着那种黄河之清的梦想，只想着黄河清，而不管自身的清与不清，这样的人尽管极其看重阿胶，若体会不了血肉有情之品，甚至还会误判为血肉横飞之物，是那当不得真的鬼逻辑，到头来于他于己都是枉然。反而是杨贵妃，婆家的唐朝没了，王安石和苏轼的宋朝也没了，那发生在唐朝，让宋朝人一头雾水，到了元朝才有人参透两大王朝都不曾领悟的核心机密，她雪聪明地用元曲唱了出来："阿胶一碗，芝麻一盏，白米红馅蜜饯，粉腮似羞，杏花春雨带笑看，润了青春，保了天年，有了本钱。"

人之貌美谁说不是生产力？以美人之心所体会到的血肉灵魂，是人人都必须面对的生命关键，越是不与人说的那至关重要的诀窍，那用行云流水隐藏起来的秘密，越是润物细无声地渗透到家家户户的日常人生之中。都可以成为传说的阿胶，再神奇也只愿意用作诊疗血脉，对生命个体的强之以虚，疏之以滞，不是奈何不了衰败的国运，也不是振兴不了颓废的江山，而是性质所决定，这样的物什，天造地设就是针对着最实在，也最基础的那些质地。

不知是从谁开始说的，反正到最后是由李时珍做了权威的断言。在东阿，有机会伸手抚摸那比黑骏马有过之而无不及的尤物，不由得叹息，这动物界新近走红的"美男""美女"，怎么竟会是一种驴？那高高大大的俊朗模样，再胡思乱想也不好意思再将其称为小毛驴。一般人只知道这是阿胶之胶的真正源出。李时珍们却认为,天下之胶,取得的方法都是一样的,唯独东阿用来制胶的那口琉璃阿井里的水是别处无法拥有,这才是阿胶那至高无上品相的根本保证。琉璃阿井不是传说,从尉迟恭代表唐太宗亲自动手封了这琉璃阿井,只供官家取用,它就一直待在原地没动。一年三百六十几天,只待冬至这天,挪开井盖取出井水,以供制作阿胶。比李时珍还古老的人们就已经知道,只要数百公里之外的太行山或者泰山上下大雨,东阿这里哪怕赤日炎炎,那琉璃阿井的井水就会慢慢上溢,刚好高出井台一寸左右。反过来,只要琉璃阿井井口无端地缓缓流出井水来,一连几天都不停歇,大家就会明白,太行山或者泰山那边下大雨了。后来的研究则说,这种表面上还算及时的互动效应,反映到水的层面上,则是相隔上亿年。也就是说,洒落在太行山和泰山上的雨水,一点点地往深处渗透,往东阿方向挪动,经过十万年、百万年、千万年,终于到了一亿年时,才从琉璃阿井中冒出来。看上去似乎正是那些高山大岭的及时雨,实际上时空远隔。我们在琉璃阿井旁躬身望见的那些水,当它们还是及时雨时,曾经淋湿过太行山和泰山上的恐龙。或者说,我们躬身从琉璃阿井中掬起的那些水,是大冰河期之前的某只大型恐龙没有喝完,有机会渗入地下,才潜流至今。还或者说,那天乘高铁路过泰山脚下,遇上的那场大雨,无论潜入地下的有多少,也许只有其中的三杯两捧能够到达小鱼山下的那眼琉璃阿井,且能肯定的是,要到一亿年后的某个时刻,才能被人看到,才能被人捧起来。前提是,那时候琉璃阿井还在。真的到了那一天,趴在井口边看水的人,谁知是不是进化出三头六臂的新新人类?

最早理解这琉璃阿井之人,一定是这尘世上的独醒者。杨贵妃和她的三姐,不过是从耳语者那里侥幸知晓了这个秘密,并对此秘密做了于自己最为有利的升华,这样的升华只是真相而不是真理。

真相可以成为茶余饭后的谈资,等到腻了,烦了,就不谈不说了。像那供人美饰的朝露晚霜,打扮得连自己都看不惯了,就不再打扮了。真理无法如此,反而让人说也不是,不说也不对。真理的作用正如阿胶,一千年前受到诗词讴歌,一千年后,还有诗词在讴歌。就像从一千年前流过来的河,就像一千年前长出来的树,就像一千前说出来的古训。阿胶肯定不是国之重器,也不必要奉为国之药祖,用不着强做精神圣山,也用不着攀比文化王城。实实在在地生长在海拔不过八十二点一米的小鱼山下,堂堂正正地长成了一副中国乡贤模样。江山存废,玉宇沉浮,往大处看,找不到与之相关处,往前面看,发现不了动力在哪。一旦从大处收回视野,站到前面再回首往事,才发现乡贤之紧要。那惊扰后人感动后人的句子,"无边落木萧萧下,不尽长江滚滚来",该是何等的气派,而杜甫所真正拥有的只是一所茅屋,一领布衣。由蜀道难,静夜思,而昂扬吟唱"黄河之水天上来,奔流到海不复回",那李白最辉煌的事竟是在未央宫中让人脱一次靴。身是皇亲国戚的曹子建,最著名的是留在一条黄河边,一座小鱼山下,所写的一首煮豆诗。一头毛驴,一口铁锅,一捆桑柴,加上三千个冬至,如此少不得任何一环,熬出来的正是中国乡贤。

小鱼山不在高,有情怀就能接天。琉璃阿井里的水虽然幽远,来历清纯可鉴就是珍稀。

从无数个如同东阿的小地方悄然生长的乡贤,比那在地下潜流了一亿年的琉璃阿井水还要源远流长。日月精华造化,天理人伦修炼,宠辱悲喜,祸福交加。在时空中,三五十年、三五百年就会有乡贤出现,那意义如一滴水潜流一亿年,胜过一滴水潜流一亿年。当年的乡贤发现了琉璃阿井水,发现了可以媲美骏马的乌头驴,发现了冬至日,发现了桑柴火。如今天的乡贤,将往日的驴窝打造成枣香弥漫、芬芳四溢的创意文化园林,凭着八百四十三项严苛检验,不使一丝一毫有负盛名。

乡贤是用来滋润人的血肉灵魂的,阿胶也是用来滋润人的血肉灵魂的。这样的乡贤是家国之圣品,如此阿胶也是东阿原野上的圣品。

2017年12月22日冬至节
原文刊发于《新青年周刊》总第12期

(刘醒龙,中国作家协会全委会委员,湖北省文联主席。中国作家协会小说委员会副主任,湖北省博物馆荣誉馆员,华中师范院校客座教授,《芳草》文学杂志主编。中篇小说《挑担茶叶上北京》获第一届鲁迅文学奖、长篇小说《天行者》获第八届茅盾文学奖。)

天水

沈念

水,走到这片土地上就不在了吗?飞机降落,舷窗外是灰茫茫的。鲁西平原上的冬天,干燥、枯黄、衰颓。看不到绿色,也看不到水的波光,植物的萧落,季节的更迭,生命的轮回,格外容易让人生发异念。车行高速,车窗是舷窗取景的放大版,突然看到一道绸带般的水流从眼前穿越,我惊喜地询问,司机说是黄河,但也不知是黄河在这平原上走过的哪一段——河流那么细窄,裸露的河床特别宽绰,怎能覆盖黄河这天上之水的盛名。

无论我瞻望何处,都再没看到水的踪迹。

我并不是为了寻水而来到东阿的。我从小在南方的水边长大,多年来一直与水为伴,水汽水声水浪水的呼吸,经年四季缠绕着我。我常常在想,水是最接近生活的事物。水流过的地方,有世界上最早诞生的道路。大地上的水域图,像脉络丰富的叶片,有干流,有支流,从粗到细,从主到末,水流进时间的过去与未来,也流进人的身体与血液。我们走到哪里,向任何一个方向走去,终将与水相遇。

　　于是在看不到水的夜晚,我听到了水声。汨汨而动,像健壮有力的脉搏起跳;涌涌而行,像田垄上的猎猎大风。我以为窗外有井有泉有河有湖,但推开窗,冷凝澄明的夜色中,还是归于冷凝澄明。我忘记了这里一眼望不到尽头的缓平坡地,是黄河泛滥漫流沉积而成,盐渍化厉害。水声若隐若现,浮在耳际,我抓住聪敏的听力去捕获,搭载风的翅翼追逐,八方四面,杳无迹痕。水在哪里隐匿,在黑暗中躲藏,却与喧哗的水声沉浮起舞,继而飘逝。水又在哪里现身,拍击有边缘的物体,又像是来自远方的水底梦语。水不是在流响,而是流在一种叫"黑"的色彩里。

　　当地朋友次日向我揭晓了夜晚的秘密。东阿的水大有来头,在地下潜行数千里而至,锻炼了阿胶的魂。在这"千年阿胶福寿乡",阿胶的名声早已遮蔽了水,三千多年前就有了她的身影。《神农本草经》记录了她,南朝梁陶弘景的《本草经集注》,孙思邈的《千金翼方》,李时珍的《本草纲目》也谈论过她。但是,水必然比她更早地存在。没有水,就没有她。所有的历史都起源于水,她的历史也不例外。水滴成溪流,合成大河,汇聚江湖,投奔海洋,人类的文明诞生于水。水记录,也保存了人类希望了解的一切秘密。

　　我翻开历史的地图,找寻东阿水的痕迹。水,源于太行山、泰山两大名山,水源地植被繁茂,积水沉底,潜流千里,交汇而成。水从很远的地方就把自己藏起来了,刹那间我仿佛洞悉了夜晚水声的秘密。几乎在山的每道缝隙里,水就以孤独者的优雅丈量世界的宽广度。真正的水,一定葆有深邃的孤独。那蜿蜒而至、跌宕而至、踽行而至的水,走了那么遥远的距离,忍受众声喧哗中的孤独,只为在东阿写下"济水"两个字。刚柔相济,宽猛相济、相响相济、缓急相济、水火相济,是济水存在的理由吗?清朝大医学家陈修园就说,"其水较其旁诸水,重十之一二不等"。原来这水是有重量的,不是轻浮无力刁声浪气,不是飞扬跋扈放诞任性。重量让这里的水与他处的水有了差

冬至大如年

被东阿水滋养的阿胶世界

别,有了界限。还是陈修园说得好,人之血脉,宜伏而不宜见,宜沉而不宜浮,济水"清而重,性趋下",正与血脉相宜。再往前追溯,沈括早就在《梦溪笔谈》中写下这"重水"煮出之阿胶的效用:"人服之下膈、疏痰、止吐,故以治瘀浊及逆上之疾。"济水在地下纵横交错,勾刻出东阿大地的掌纹,映现了时间,映照着生命。

言说在地下聚流而成的济水是困难的,有来路,又让人看不到来路,有去处,又让人找不着去处。朋友带我去古城封存的东阿井处,说在这里可以看到济水的模样。北魏郦道元《水经注》就记载有:东阿"有井大如轮,深六七丈,岁常煮胶以贡天府"。眼前是不是郦道元说的那口井已经不重要了。井口盖着石板,冬至之时才会开启。听音如晤面,隔着井盖,我又听到夜晚的声音,是井水汩动,是水的自言自语。在这里,济水是世界上最敏感最活跃的神经元。

朋友说,冬至井盖打开,取水炼胶为上品。冬至阳生,天地阳气复兴渐强,代表一个循环的开始。于是冬至取水成了东阿的习俗,也是庄严的仪式。在这个逐渐丧失仪式感的时代,东阿保存的不仅是仪式,更是传统、道德、尊严和健康长寿的堂奥。

冬至取水,在我的故乡是一副另外的面貌。这一天,白昼变得如此短暂。太阳从傍镇而过的藕池河上升起,琴弦般的光线穿过薄如蝉翼的冬雾。沿着河堤,一路追打,脸蛋被风揪打成紫红色的孩子们,冲着空旷的河床呜啦吼叫,野树林里惊飞几声鸟鸣,半青半枯的草蜷缩在堤边,粗糙的草叶上落满藜蒺条的鞭打与淘气的脚印。再一抬眼,日头颜色变淡,像一张粉妆未卸尽的脸,等待被河水淹噬。远远地,又传来几声归林鸟的呜咽。

杀年猪是故乡冬至的固定节目,一大清早,小镇还置身黎明前的黑暗,猪圈里的叫声比鸡鸣还早,养猪的人家很快就会把厨房烧得热气腾腾,灶里的火红通通的,锅里的水翻滚沸响,然后就会听到猪此起彼伏的嚎叫。杀年猪的水必然是夜间早起取来的冬至水。冬至前，孩子们被三令五申，严禁向有水的地方乱抛掷杂物，大人到了这天零点之后，就陆续从河里井里沟渠里取回水，倒进抹洗干净的水缸水桶里。外公还有更精彩的办法，他在后院天井摆了一口大缸，把整个冬天的雨水雾露纳取蓄积其中，到了冬至再取用。水从不挑选人家，不管是哪里的水，进了家门，在澄清之间就有了暖意，有了活气，有了洁净平安的象征。新年临近，杀年猪，打糍粑，取冬水，富者穷人，都循旧例，到处都是欢喜心。水在这一天变得尤其神秘而欢愉，水色漾动，仿佛一年的光影，在水波之间得以折叠映现。

　　这一天出门前，外婆总会告诉我，晚上煮饺子。吃饺子是件开心的事，孩子的快乐总是与好吃的串联在一起的。外婆还说，冬至过了，白昼又会慢慢拉长。是谁把它拉长的呢？外婆没有答出这个问题，而我是在河水漫游的绵长身影里，从水的静谧与涌动间，隐约听到了与时间有关的回答。

　　属于冬至的儿时记忆，在冬夜里氤氲着温情暖意。昼最短，夜最长，结伴玩耍，香喷喷的饺子，清浅的河水，倦怠的飞鸟……来来去去，弥漫着我的记忆，那是些明亮的记忆。那时总觉得时间是无限多的，离开了，又还会到来。水的流逝，是时间的赋形，是一去不返，而人生又何尝不是如此，总想找回消失的东西，却不知道，时间弹拨出的或壮怀或幽哀的共鸣，才是恒久常新的生命寓言。

　　每一次抵达都是离开的前奏。回到从东阿井离开的那一刻，济水，我脱口唤出她的名字，又紧闭双唇，仿佛唇齿翕动声响摇晃之间，水会从此消失。水流的声音里隐藏着生命的密码。济水的褶皱与阿胶的芬芳里，何尝不是记录着时间的秘密呢？我在东阿的短暂光阴里，倾耳聆听济水的合唱。济水的地址，是地下，也是天上。三成的泰山水，两成的太行水，五成的黄河水，长年不断，汇聚沉淀，地底潜流，挟卷那些富余的微量元素矿物质元素，继而在东阿之地开始了燃烧。燃烧的水，入了阿胶，就成了养生滋补的国宝。燃烧的水,入了身体,就有了生命的延续,有了对美好生活的向往。这向往,是淡泊,是健康,是人之禀性,也是水的向往。

原文刊发于《光明日报》,作品获东阿阿胶杯·冬至情一等奖

(沈念,湖南作协副主席,中国作协会员,一级作家。作品散见《十月》《天涯》《青年文学》等期刊,并被《新华文摘》《中华文学选刊》等选刊转载或选入各类年度选本。出版有散文集《时间里的事物》[入选 21 世纪文学之星丛书 2008 年卷],小说集《鱼乐少年远足记》《出离心》,长篇儿童小说《岛上离歌》等。)

裸地

马淑敏

站在那片松树林下眺望，半尺高的玉米染绿了双眼，心随着绿苍茫起来。脚下，野蒜花儿在怯怯开放，蒲公英隐身刺槐中。我一棵树一棵树摸过去，一样的空气，一样的阳光，经过四十年岁月它们变得一模一样，无论如何也分辨不出当初救命的那株。

我曾经无数次梦见这片土地，泪水伴着思念，从未想过，土地其实也会赤裸着流浪，再寻不回。

闭上眼睛，阳光细密均匀如一排银针扎在脸上，刺痛了记忆。那天我和庞老四逃出宿管员的视线，想越过防护林回家。我想吃庞妈做的油糕，也想念生病的猎犬卡尔。庞老四禁不住威逼利诱，和我一道拔掉宿舍后面的两根篱笆，钻出学校。我们踏上冰雪覆盖的防护林小路，庞老四小心翼翼咬掉一小半我藏了许久的大白兔，他一边香甜地吧嗒着嘴巴一边用袖头抹鼻涕，只要走出第一段防护林向右不远，就能望见我们的家。

散　文

　　那只狼是突然出现的,它立在小路中央,头顶一撮白毛被北风吹得立起来,庞老四拽着我转身往回跑,身后两只更大的狼正虎视眈眈地逼近。我一下子哭出来,眼泪比庞老四的鼻涕还稠密。庞老四吼道:"上树,狼不会爬树。"

　　他紧紧扯住我退向最近的一棵松树,三只狼慢慢靠过来,雪光反射下,狼的眼珠射出饥饿的绿光,鲜红的舌头升腾着渴望的热气;我的双腿成了春天房檐下的冰溜,我很怕再也看不到春天了。哭声让狼更快地移动过来,庞老四将书包砸向狼,铅笔盒落到雪地上发出哗啦的声音,三只狼同时向后退去,庞老四使劲托起我,在我身下喝道:"爬上去!"

　　是的,只要爬过光秃秃的树干就安全了。当我踩到第一根树枝时,听到一声"啊"的惨叫,一只狼趴在地上,另外一只踏住它向上跳跃着扑向庞老四,庞老四的脚被狼咬住,顺着树干坠了下去。"爬上去!"这是庞老四喊出的最后一句话。在树顶透过缝隙,我看着庞老四被三只狼撕扯着、撕扯着……

　　不知多久,有人在树上摘下冻僵的我,像摘一颗松塔。

　　许多晚上我站在庞老四家窗后,窗上有庞妈的影子。没有了庞老四,庞妈不再是我的庞妈。

　　我很想走进去坐到庞妈身边。庞妈的火炕上铺着绿色人造革,她笑眯眯地踩着缝纫机看我和庞老四比赛翻跟斗;庞妈兜里总有花生果,吃一颗,香喷喷的,我写几个字就去蹭她,张着嘴巴等她放进一粒。庞老四说,花生果是庞妈的妈妈从很远的地方寄来的,他找出一张信皮,一个字一个字描到本子上给我看:喏,就是这里。

　　有时候我装睡,趴在庞妈怀里闻她胸口散发的暖暖味道,我搂住她的脖子,悄悄说:"庞妈,你当我妈妈吧。"她哈哈笑:"你给庞老四当媳妇儿我就是你妈啦。"

和我同一天出生的庞老四和我一样，不喜欢我家。我家火炕厚厚的毡毛毯上铺着小碎花单子，教俄语的妈妈只允许我和庞老四坐在四角桌前写字，她皱着眉头呵斥庞老四不要甩鼻涕弄脏了地板，我犟嘴："庞老四的鼻涕都擦在自己袖子上了呢！"妈妈提着鸡毛掸子抽我，庞老四拉住我拔腿跑，她追着骂："有本事不要回来！"

晚上庞妈要送我回家，我抠住门槛不松手，庞老四也求情："阿娘我不要她走，她不是扫把星，她妈妈才是。"庞妈弯下腰抱住我："你闭上眼睛，庞妈把你放进被窝再走。"

庞妈的耳朵上有两只银环，在雪地里一闪一闪的，我摸着银环说："庞妈，环上有花呢。""是牡丹花，这是庞妈的妈妈给庞妈的陪嫁。"我说："我也要庞妈给我陪嫁。"庞妈笑得眼睛弯弯的，说："好，庞妈给你陪嫁。"

庞老四埋在我爬上去的那棵树下，大人说，庞老四做了天祭。庞妈流着眼泪带着庞家三个哥哥离开了林场。

从没有庞老四开始，我不再说话，泡在书里发呆。母亲再没骂过我扫把星，她说庞老四带走了我脑子里的一些什么，又在我脑子里放了一些什么。

我改了名字。庞老四和马思蒙在这个世界不复存在，他们合二为一；就像那株松树，南面郁郁葱葱，北面枝疏叶浅，树皮裹住两种体质，却构造着一个身体和灵魂。

庞老四喜欢数学，他说十个数字排起来好壮观；我喜欢汉字，我觉得汉字排起来好念好听。

为了数字，我去学会计学。毕业后在一家上市公司上班，屏幕上每天滚动着数以万计的数字，那是庞老四的数字；我替他用数字做职业，直到名片印上"财务总监"四个字。

我流浪在一座陌生的小城，一无所有，也靠着一无所有奋斗着。白天我是庞老四，庞老四要养家糊口孝敬妈爸，所以必须坚强快乐努力工作；晚上我是马思蒙，一个爱爬字的小女人，温柔和顺，一支笔写尽思念和痛苦，也写出数字带来的欢乐和幸福，直到我成为一名作家。

白天的庞老四和晚上的马思蒙就这么撕扯着，相爱着，软弱着，坚强着。随身携带的包里装着一张纸，上面是庞老四用铅笔歪歪扭扭写下的六个字"阿胶街78号"。

2017年夏，走在夜晚的浅风中，一位老人突然踉跄，我本能地托住她；她道着谢，路灯下，眼前晃过一只耳环，和我颈间的一模一样。我的泪猝不及防，喷涌而出。

我和庞妈住在同一条街上，呼吸着同样的空气，心里荒芜着同一块被风雪击打着不能播种的裸地。可是，三十年，我才和她再相遇。

原文刊发于《新青年周刊》总第60期

（马淑敏，曾用名马思蒙，中国散文学会会员，中国报告文学学会会员，山东省作协会员，东阿县作协副主席。自2013年起在《人民文学》《中国作家》《人民日报·海外版》《光明日报》《北京文学》《青年文学》等期刊报纸发表中短篇小说、散文等作品30万字；有作品被《散文海外版》、中国作家网转载。2017年获得青年文学全国征文比赛二等奖，2018年获人民文学杂志社举办的第六届"美丽中国"海内外游记三等奖；编著文化丛书《东阿阿胶文化》。作品三次入选《山东齐鲁文学年展》并获奖。）

阿胶国度

草白

圣　山

"山是我们知道的唯一一种随时间流逝而变美的事物。"玛丽·奥斯汀在《圣山》一文中如此说。她还认为，在山上，人们很容易遇见一种神圣的、与宇宙合为一体的体验，犹如秘密和夏日的闪电那样给人带来启示。

在这里，我想讲的圣山是东阿鱼山，它坐落在东阿县城东南二十公里处的黄河北岸。周边是星罗棋布的小山丘，它们是凌山、艾山、香山、曲山等，皆海拔不过百米。鱼山脚下即滚滚黄河水。鱼山没有奇崛的山峰，险峻的岩石，也不具备任何地质上的奇观。唐代诗人王维曾登鱼山访古。东阿王曹植是鱼山的山神，而神仙鱼姑则是传说中的鱼类神灵，他们一起住在此山上。

作为一座古老的山脉，它失落的传说远不止这些。山脚下的鱼山村分鱼北、鱼中、鱼南三处。曾有村人长食鱼山上的某类野菜、野草而治好顽疾。山上某块石碑因黄河水多年的冲击而现形。历时间久远，这些故事赋予鱼山一层神秘的光环。鱼山地理位置特殊,它是鲁西平原与泰山山脉的分界点。于山上俯瞰,可见连绵起伏与千里沃野形成鲜明对比。

除了植物、药草、神仙、山魂,某一天,这鱼山的坡地上来了一群食草动物。这动物叫乌驴。明李时珍《本草纲目》载:"驴,长颊广额,磔耳修尾,有褐、黑、白三色。"

那毛色乌黑、长颊广额的乌驴,便以草茂林丰的鱼山上的药草为食,日益天然壮健,仿佛有魔力加持。春天,无数闪光的野花经过一冬蛰伏,忽然在鱼山脚下齐齐绽放,叶子带着丝绸般的白色绒毛,伞状花序,也有卵形或椭圆形,品种纷繁,不一而足。

只有那些叫声苍茫、长颊广额的物种才能分辨野花中谁是谁,它们避开与己无益的,去选择与天性适宜的食料。食者与食物的关系,是一种很难被定义,却更接近生命本质的关系。我们对如何选择食品、怎样进食,几乎怀着某种圣洁和敌意——细较起来,这大概是可以说明一些什么的。古老的乌驴与鱼山上药草的关系,既是一种天然的关系,也是一种选择与被选择的关系。

鱼山上,不仅留下乌驴的啼印与欢唱,还有一种叫梵呗的音乐。梵呗与陈思王曹植有关。《法华玄赞》记载:"陈思王登鱼山,闻岩岫诵经,清婉遒亮,远俗流响,遂拟其声,而制梵呗。"据说,梵呗其声有五种清净:正直、和雅、清澈、深满以及周遍远闻。

鱼山之上,有梵呗之音,还有乌驴、鱼仙及各种灵异传奇,共同构成一个奇异的世界。这个世界通向的是一种古老的经验,不被人类的头脑所保存和记忆的经验,属于时间之外的经验。

灵 物

"对印第安人来说,动物比人更接近神灵,比人更神秘,在那个如今我们只有在梦中才能抵达的时代,动物和神灵可以交谈。"

这是我第一次看到乌驴,它们比我想象中高大。这些毛色乌黑的灵驴,安静地站在牲畜栏那边,待我们走近,便谨慎而迟慢地围拢过来,头部在某个静止的人类身上不停地挨蹭着,温热的鼻息,绵长的喘气,好似正试图与别的物种建立亲赖关系。它们的体形可算得上俊美,毛发黑而润泽,身姿则显得腼腆,像马和牛那样的眼睛,哀伤而湿漉的眼睛,是人类童年的眼睛。

一头驴骄傲地释放出自己的气味,到处是它们的气味。在文明世界里徜徉已久的人,并不能很快适应这种异味,它们浓郁、刺鼻,让人难以忍受——那是一些永远都不可能被驯服的东西。

当我试着靠近那头倚靠在栏杆边上、离我最近的乌驴,我感到自己正在克服某种障碍,我与它的关系并不在这日常熟悉的关系里,我怕自己的行动惊扰到它。可当我看着它的眼睛,我明白我们之间存在着交流。有一种东西从它的眼神中流淌出来,一种不表达不言说的眼神,一种澄澈如斯的眼神,好像经过所有人世的罪恶和错综复杂,已然抵达慈悲和超然的境界。这是一头驴的眼神,也是所有幼弱动物所具有的眼神,它是对宽恕的最大理解,也是对自身地位及品性的坚守。

那些驴,它们之间自然也存在着各种关系,其核心便是母子关系。幼驴总是和母驴们站在一起,并保持精神和步态上的一致,主要体现在眼神上的一致。它们的生命被捆绑在一起,有一种不同寻常的排外的亲密感,就像人类中那些一起长大的人,某些具有特殊关系的人。

当母驴忽然啼叫的时候,声音居然那么高亢,还有那么一点点悲凉的况味——我不知道自己怎么会有那么一种感觉，好似它们仍像它们祖先那样昂首站在鱼山之上，嚼食着含有露珠的药草，望着山脚下悠然流淌的黄河水。

那些坚持在旷野里生存的动物，比被驯服的同类，更多地保存了物种的神秘禀性。从对食物的选择上，乌驴无疑是其中的不屈者和佼佼者。它们对食物的坚守是信仰的体现。

水　性

《本草纲目·水部》收载有四十几种药物。如：露水、明水、冬霜、腊雪、流水、醴泉、温汤、地浆等。其中就有阿井泉。这阿井泉中流的就是东阿古城的地下水。它是太行山、泰山两大山脉交汇的地下潜流，融天地名山之精华。据资料载：其水较其旁诸水，重十之一二不等。李时珍在《本草纲目》里也说其主治腻痰，下胸胃淤浊，止吐。

水有水性，其性可入药，恰成就其药性——阿井水的性子恰在于：清而重、性趋下。这一种来自地底的水，拥有自身独特的品格，与水上、地上的自然性情迥异。

关于水，李时珍曰："水者，坎之象也。其体纯阴，其用纯阳。上则为雨露霜雪，下则为海河泉井。流止寒温，气之所钟既异；甘淡咸苦，味之所入不同。是以昔人分别九州水土，以辨人之美恶寿夭。盖水为万化之源，土为万物之母。饮资于水，食资于土。饮食者，人之命脉也，而营卫赖之。故曰：水去则营竭，谷去则卫亡。"

以上这段关于水的文字，由水及人之道德运数再及天地演变，讲的不仅是液态的水，还有亘古流淌的天地万物、宇宙伦理。

《本草纲目》是一本奇书，奇在李时珍的世界里，万物无不可入药。在药

阿胶井

理之外，更有人生堂奥，宇宙微义。一剂方药装备精良，各味草药分工明确；君臣佐使，井然有序。就像一个独立国度，任何角色都可找到自己的尊严。重要者有其地位，卑微者也不可或缺，不过是习性不一，用处不同。

地　域

很久以前，人与土地是一体的关系。他们活着时站在土地上劳作，从土里掘食，累了坐在土上休憩，死了则被埋于地底。在他们与土地之间，有一种原始粗糙、接近自然的关系。他们靠土地生活，自己也属于其中一部分。

那些缓慢地从土里长出的草木植物，因接受所属地域阳光雨露的滋润，而呈现出显著的地域属性。比如川黄连、浙贝母、云木香、怀山药、关防风、广陈皮等，橘生淮南则为橘，生于淮北则为枳。天地之间有诸多神秘物，只在此地此刻发生，离了这时间和地域都将失效，变成别物，或荡然无存。

阿胶唯独产于东阿县，才成绝品，可遗世独立。其山其水、其物其情都是奇迹产生的根本，还有人心和秘密。自然里有太多的秘密，绵延的时空制造了它们，又将它们带走。一个能产生秘密的时代，是一个值得尊崇的时代。在那个时代里，季节如此分明，而草木丰饶。当植物撒播花粉时，表现得甜蜜而豁达，载歌载舞，一派好心情。

彼时，天地恒阔，吃食者与食物之间表现出一种心甘情愿的关系，朴素安宁的关系。在食物链内部，有永恒的能量在流动。

在今天，只有从那些食草族灵驴身上——它们拒绝吃别的食物——我似乎看到一种抵抗，那是来自血液深处、基于动物本能的抵抗。

食物之改变，改变的将是整个世界，一切道德、伦理都将被摧毁。

秘　密

许多古老的手工艺已濒临灭绝，重新成为秘密，成为风中的消息。这是一种遗憾。随着时间流逝，没有人知道这种遗憾是怎么发生的，也不以为然。机器化生产几乎改变了一切事物的面貌，时间飞速流动的背后，制造出的是更多面目丑陋的产品。在那些东西上，几乎看不出岁月流逝的痕迹和人之为人的美与尊严。

只有少数的工艺被作为一项仪式保存下来。在山东的东阿县，三千多年的炼胶技艺作为一项秘密被继承。它只被少数人知悉，在那些能够保守秘密的血液里流淌。

流水线与绝密工艺，产业工人与非遗传承者，这之间的角色与人性的变异，无不给人一种错觉。一切都如此仓促。几千年来未曾遭遇的事情，呼啦啦全都发生了，人们甚至还来不及对此做出思考，发出回应。

总有一些什么被保存下来，以一种被拯救的形式，或别的形式。作为古老的滋补品,很多年前,阿胶就被写入医书和药典,名字与功效遥相呼应。同时,众多的诗词歌赋里也开始出现它的身影,它与女人短暂的容颜,男人未酬的壮志有着某种隐秘的关联。在那些战争频仍、饥馑遍地,人的寿命普遍短促的年代,它的作用甚至被神话——或许神话和事实的距离本就在咫尺。它天生的职责便是治病救命、泽被后世,帝王与贫民都是它强烈而持久的热爱者与追随者。

整个炼制过程庄严而神圣,当然也无比烦琐。择日在冬至,历经九天九夜,九十九道工序,将乾坤清气、天地精华囊括其中,其中的阴阳变化,水火相济成就其神秘属性。

至今,黑房子里发生的口耳相传之事仍属于秘密。秘密发生的地方是时间流速最为缓慢的地方,也是风与阳光竞相追逐的地方。

秩　序

梭罗在《寂寞》一文中讲道:"什么药使我们身心健全、宁静和满足?那是全宇宙蔬菜和植物的补品,还有黎明那纯净的空气。人类与土地气息相通,并属于其中一部分。"

阿胶在炼制过程中,也带进了节气、水、阳光、荒野与蔓草的气息,并佐以时间、秘密、情意和古老的人心。

我并没有亲眼看见那个漫长的"煎熬"过程。想象着,火焰与河流从神圣的远古走来,而风是使者,炼胶者唱着歌,在跳舞的火苗前,站立着迎接新生一刻。

所有在水与火焰中诞生的事物,所有经历了一番较量的事物,都有着坚固的品性,纯良的质地,不会轻易被改变。

如今,它的命名、属性、功效及产地都躺在尘封的医典里,它存在着,却

散 文

清道光阿胶及仿单

无法被触摸；就像传奇，早已成为另一时空里的叙事。至此，全新的打量开始悄悄地发生。其中的聪慧者已经意识到必须要建立新的秩序，一种变化中不断调整的秩序，独属于今天的秩序。它是敞开、自在、包容的，更是一种约束。没有人知道那是什么东西，就像谁也无法捕捉旷野上空的风。只有不断地去尝试，才能让人充满希望。

千百年来，河水一直在寻找使其不断壮阔的河床。那是人类与河流生生不息的力量源泉。任何人面对任何一样古老的事物，都有一种基于本能的焦虑，一种可能消失的恐惧。就像面对生命本身。

在那个制造古老事物的现代厂房里，我看到简洁与明净，理性与热情，看到一切事物背后的秩序。我们所能看见的最好的产品，都是开放与约束的产物，激情与秩序的结晶。对技术的崇拜以及道德的自律，从来是一体的两面。

所有一切的背后依然是人，是人与自身的关系，以及人与自然的关系。乌驴的世界或许是安宁的，闪烁着瓷釉般的宁静，食物来源单一且不轻易更改。千百年来，它的繁衍以克制和有条不紊的方式进行着，如今又有高科技的介入。

或许，这只是表面现象，就像我们无法透过平静的海面去看下面汹涌的杀戮与暴行。自然界的弱肉强食以及无休止的战争，或许是维持世界平衡的一种方式。人也是其中成员，位于食物链顶端，对诸多生物行使生杀予夺大权，却无时不受时间和自身命运的钳制。

所　为

我们所置身的时代，是一个无法用语言来描述和概括的时代，这是所有先人所没有体验过和无法想象的时代。相对于外部世界，我们对自身的了解更加微不足道。在我们体内,细胞物质无时不在分化、改变,方死方生,生生不息。

作为一种古老的滋补品,一种防患于未然的物质,阿胶对人类身心的滋养不是日渐式微的,而是日益开阔和复杂的。在生命长度的延续和生命质量的庇护上,她试图发出自己的声音。在混沌和秩序的边缘,她寻找勇气与信心。她帮助人们战胜喧嚣中的孤独,在荒芜的沙漠里寻找天堂般的胜景。一种绵延不绝的精神像接力棒一样被传承并发扬壮大。

药草的芳香中,隐含着故国的明月。在那神秘的黑房子里,有金黄的烈焰,氤氲的水汽,还有人心和亘古流传的秘密。

原文刊发于《青年文学》2017年第11期

(草白,本名麻华娟,散文作品《居住地》获嘉兴市政府文艺新人新作奖。短篇小说《木器》获台湾联合文学小说新人奖短篇小说首奖。)

一盏菩提(组章)

黄恩鹏

> 阿胶《本经》上品,弘景曰:"出东阿,故名阿胶"。
>
> ——明·李时珍《本草纲目》

01 一粒光撬开了黑夜

从一粒光出发,深入一匹乌驴的身体。水草柔软着,花香绵延着,露水滋润着。溪河与山岭纵横交错着。净慈之血被清水收纳。春风吹,秋雨淋,夏日晒、冬雪遮。

驴。乌驴。从生到死,内心仁善。哪管庙堂之远,哪管蓬蒿之近。

一只镬。

一瓢水。

水里,火里,埋着大海的盐粒,涛波暗起,命似舟船。渡劫。渡难。渡天下众生。族谱的衣钵,渐行渐浓的炉火。经络酡红,舒筋壮骨,活血化瘀,驰骋天下。

大德隐灵,向我靠近。

阳光雨露,天地精华。族血植物,粲然盛开。

膏腴之美,从茎到叶的葱茏。

神秘与神性。灵魂清澈的灌溉、滋育。翻开典籍册页,独门秘诀,口耳相授,不立文字。杨贵妃、虢国夫人、三千佳丽的驻颜之美,与一匹乌驴有关。

天下绝品,九朝贡胶。

秋月春风,江山妖娆。

来自民间的殇逝。以乌驴之皮与阿井水熬制的绝品胶膏,从唐朝贞观十七年,悄然开始。

02　水之密钥

泰山和太行山,面对浩荡的黄河,趺跏打坐。

水之灯盏从大地深处出发。不可触摸的海拔。

水与水,咫尺天涯。圣地之域,来自辽阔莽野的最小野花,亦胜似庭堂楼阁的牡丹、香榭丽舍的玫瑰。鲁地东北阿城镇。水清甘洌,梧桐茁壮,才子佳人,凤凰来仪。

盛弘之《荆州记》载:"随郡北界有九井,相传神农既育、九井自穿,则神农时有井明矣。"

北魏郦道元《水经注·河水五》中说:"大城北门内西侧皋上有大井,其巨若轮,深六七丈,岁尝煮胶,以贡天府。"

唐人李肇《唐国史补》卷下:"齐人以阿井煎胶,其井比旁井重数倍。"

唐《元和郡县志》载:"太宗时派遣大将军尉迟恭'东阿封井'。"红着脸的大将军以驴的脾气尽职尽忠呵护古阿井。一脚踏着白石井盖,一脚踏着钻地之蛇。连一只蚂蚁也无法进入此井。"圣代即今多雨露,仙乡留此好源泉。"除非君王之命,任何人难见阿井水的真容。

一轮净月藏进了一朵涟漪,不准荡漾。

水之密钥。

锁闭了千年,只为一小块膏油。

拒绝有秩序或无秩序的尘埃。

阳光饲养,月光陈酿。故事的版本在汗牛充栋的典籍册页里传续。而我,或许并不知道,来自一匹乌驴身体里的慷慨馈赠,要经过多少岁月多少路途,才能修成正果、功德圆满?

古邑阿城,水乃天赐。

天下无双、独一无二的无价阿井水,两亿年的地理造化。是祖宗族群命理秘密的知晓者。

03　火隐

剥离灰暗,剔除苍白。

提取果核里冉冉上升的香味儿。拈火焰几朵,舀净水若干,火与水,搅拌着、调和着、融解着,相互拥着抱着,冲入圆穹状阔绰的鼎镬。

一匹乌驴,把大团大团火光运进了自己体内。

四季不歇,水里来火里去,本色不变的真颜。

温度渐渐升高,天空渐渐变小。花朵毫无保留,果实毫无保留,将幽香袒露。无论凝聚还是溶解,都是血的滋育。

但我今夜必要收获什么。

细小的闪电。柔软的月亮。抚摸骨血。

燃烧吧。我要证明那盛开的光泽。我要把自己透明的身体,交给另一个身体透明的人。

风。日光。桑柴。

围绕圆穹巨镬,昼夜熬煮。

今夜风大雪大。时间深处的天空幻变青铜之色。怀揣秘籍者,是一尊怀抱元宝的夜行神。

光线在身体里有了韧度。漂泊的灵魂等在渡口。雨和雨,密谋着、策划着。火焰了无痕迹。越来越咸的海风跟随着,越来越猛的海浪追撵着。今夜,有德的人泛槎江海,漂泊彼岸。

04　时光的砥磨

庭院深深,碑刻高大。一泓井水,以厚实的天空覆遮。

石龟石狮昼夜守护,文字艰涩难懂。

或者说,只有敬神的人可以读懂。

背依大地的民间,眼前九十九座山峰如九十九尊青铜。

河流,锈迹斑斑的黑,唯有你的半亩良田生机盎然。皇权啊,江山啊,城池啊,烽火狼烟啊,金银珠宝啊,嫔妃美人啊,无法抵挡,一枚小小膏块延长了的青春光阴。

心脏的火灾肆虐着。时间的入口,涓滴之水可以活命。灰烬的俗虑是一种苟且偷生。所有的湿润被欲念蓄养着,所有的仁慈被清洁烘烤着。河流和山川快速委顿。

雷霆轰然响起。大雨,倾盆而下。

一半浇灌了黄河,一半洗濯了泰山。

古井之水,依然葆有清澈的品行。它们在深埋巉岩的大地缝隙里安静地等待着灵肉转世。

两千年了。向寂寞靠近一些吧,我把柔软的裸,全部给你。

给你一池珍珠,给你一池玛瑙,给你一池翡翠,给你一池碧玉髓,给你一池通透欲滴的血色琥珀。

给你一千顷的澄碧。

给你全部的生态中心主义。

05　孤独之慈

把所有的金黄收割下来,把所有的果实采摘下来。

大地倾尽了所有。

把我整个皮囊拿走吧,把我所有膏脂拿走吧。把我干净的内脏也拿走吧。

用我的骨头当桑柴。

把我所有的都拿走,投进炉灶鼎锅,投进清水的呼吸和筋脉,投进日月星辰流转的春夏秋冬。孤单的灵魂是离开此岸和彼岸闪光的黑金。一遍遍熬煮,一滴滴滤净。

"小黑驴,白肚皮,粉鼻子粉眼粉蹄子,城里大桥遛三遭,小鱼山上去打滚,冬至宰杀取了皮,熬胶得用东阿水。"

在东阿,我听见一位年迈老人这样唱。这是民谣呢,这是当地的顺口溜小调呢,说的是剥取驴皮熬制胶膏呢。一首民谣,再现了场景。这个场景与民生有关。

秘密的酒神,让沉醉来布道。一匹乌黑圆硕的躯体里,流出的,是一小粒月亮的晶体,明澈、剔透,泛着慈悲的光泽。

它们是层层叠叠的火与水千遍万遍锤炼提纯出来的黄金白银。

孤独之慈，精神清澈。

孝子卧冰求鲤，不如求一块胶膏。

死亡、新生。石碑沉重，筋骨被压得弯折。命运如驴吗？沃腴之土的润养，自己为自己作证。

06　灵魂叶子

借助内心积攒的悲悯，焚膏继晷。把沉疴的躯壳带离荒原。

栅栏的高度决定生命的态度。

栩栩。灵魂翅膀般轻盈。

在缓缓拔升井口的水桶里，在慢慢转动着绳索的辘轳上，在高高架起的桑柴的火焰上。

灵魂叶子茂盛，记忆重复各种符咒。

乌驴。冬至。阴阳之水。三种宝物，合而为一。以桑柴之火，以麻油收者，三昼夜始成，精纯的提炼，永生的通透。

天性、天道，犹难语之。

它们体内的储藏不断被打开、被提取。

花瓣纷飞着。流转的光泽，大器熠熠。

沃腴的膏油，精藏血凝。徐徐涨落的风，栖息在坠满果实的枝丫。水追火撵，千锤百炼，动静相宜。小小的一块胶膏，是青铜器皿和泰山石碑铭文记载的另一种稼穑。

山在头顶。鸟在山顶。西西弗斯的苦役，本不是石头的错。乌驴厚道，低过了草野，用尽全部精力，把轻飘飘的天空拉低。

秋风里磨刀。瑟瑟秋叶，声如裂帛。雷声隆隆，像这块土地的喘息和心跳。

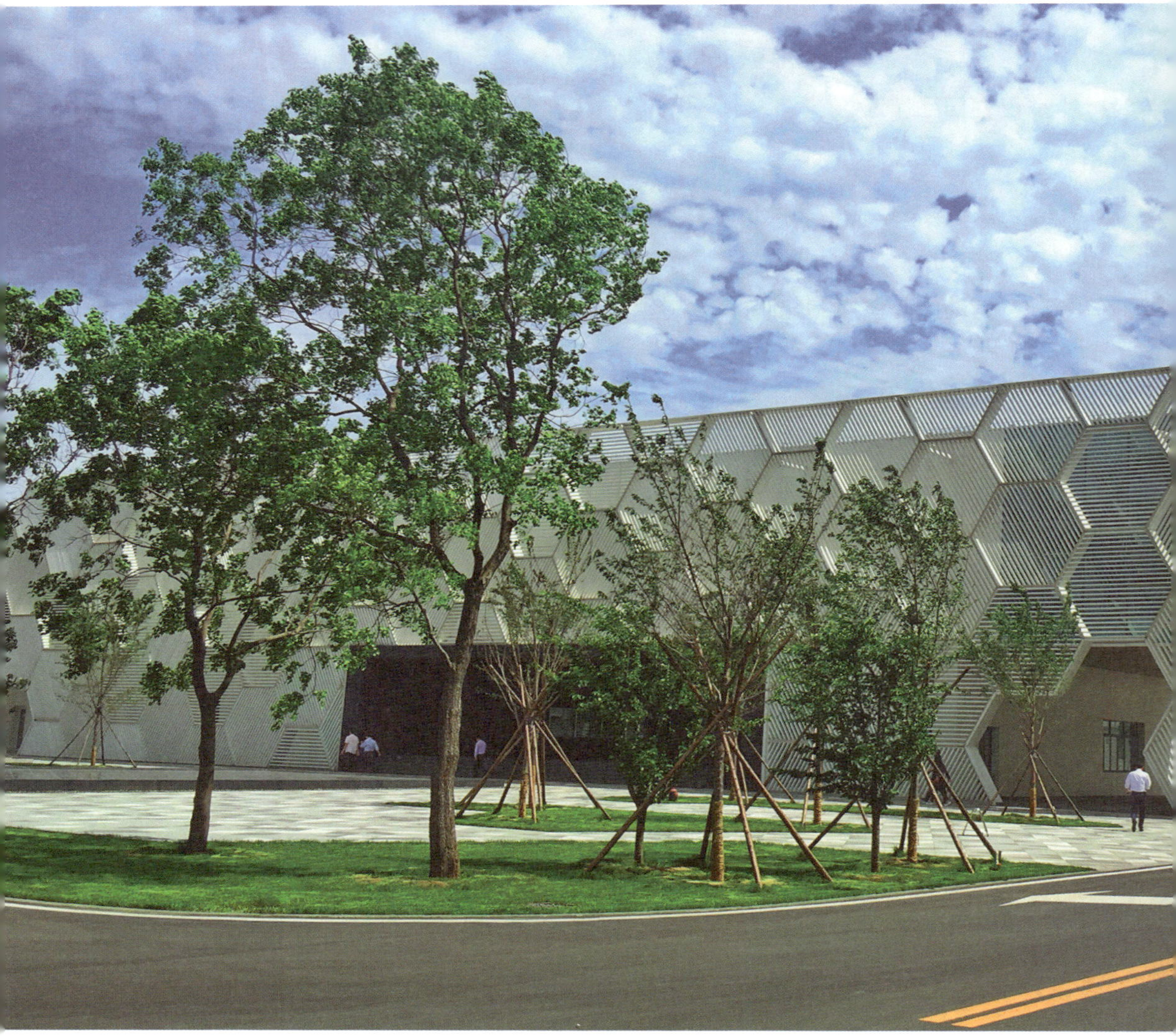

泰山脚下，黄河岸边，以特有的东阿古井水与黑驴皮生产出东阿阿胶，流传千古，经久不衰，将一种中国元素与文化演绎得生动、传奇，衍生出无数故事与传说。

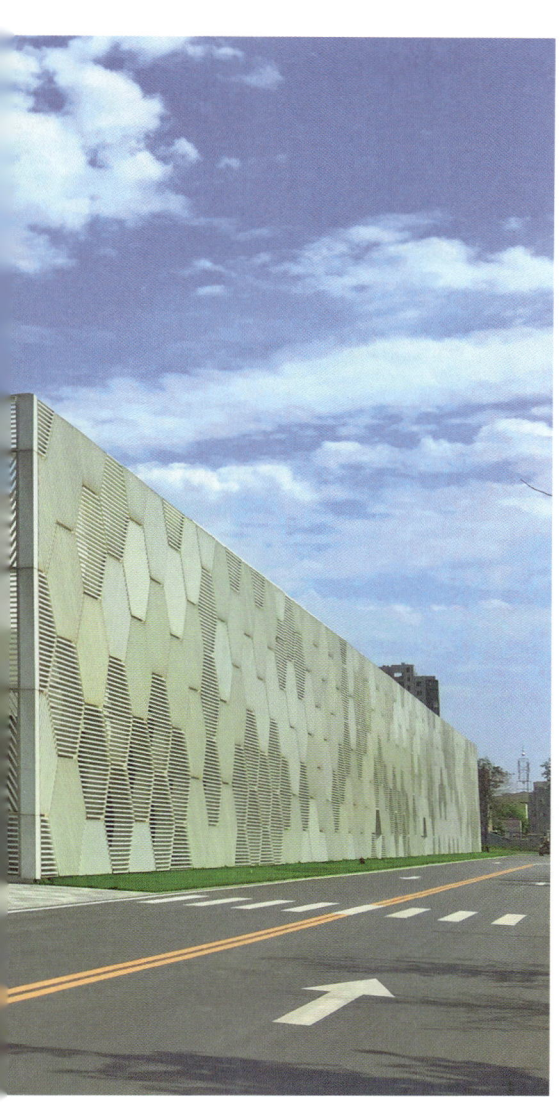

它们以战栗之果断,默默奉出自己。它们活着,以含苞待放的火,更替了行将萎枯的火。

07　醒。超度

从前,有位老和尚,法力无边,能够化腐朽为神奇。乡间废弃不用的驴皮,他以佛水点化成救命的膏药。那一次,一青年后生山中砍柴,遇大雨,雷暴挟着巨石从其头顶滚落,伤及血肉和筋骨。恰逢老和尚行医路过于此,熬煮一块胶膏,救了后生。

经历此劫难的人,应该在晨曦中重新认知慈悲。

而活着唯一的风景,是为灵魂生锈者擦亮底色。

蹇驴破帽随金鞍。大圣贤、大隐者。

烟雾缭绕着,尘埃遮蔽着。我继续寻找。

但我不骑驴找马。我只以脚步行走。蒹葭苍苍,荇菜参差。我听见那些啃噬青草的声音、那些蹄声敲响河岸。河水流动,再流动。脱颖而出的,是泰山和黄河那边翻飞的鸟群。

大千世界,尘埃落定。

那年冬至,大北风刮着不熄的烈火,三天三夜,旺盛、辽阔。东阿城的花香,被一种气味掩埋。

超度。醒来的人间世。城墙、塔楼;墉堞、垛口。烽火狼烟,燃烧、熄灭,再燃烧、熄灭。皂角、银杏、石榴和枣树下,深埋历史的遗存。

逐水而居的百姓,年年祈祷,永世太平。

富足的皇庭不是天下。

幸福的民生、健康的民权、自由的民意,才是真正的天下。

散　文

08　一盏菩提

"阿胶一碗,芝麻一盏,白米红馅蜜饯。粉腮似羞,杏花春雨带笑看。润了青春,保了天年,有了本钱。"

元代著名杂剧作家白朴《秋夜梧桐雨之锦上花》里这样写。

这是"桃花姬"的配方呢。

是从这一阕元曲里来的吗？若是如此,岂不泄露了天机？对于黎民百姓来说,所能见到和所能品尝到的,没有秘密。庶民若是当作秘方传播,那就是秘密了。这是白朴的聪明,他利用元曲这一易于传播的文学形式,成为人人皆知的秘密。功德不浅。

宫阙在上,苍生在下。

得知秘密的人比我早来了八百年。

与欲望一起萌发的,是谵妄者的唏嘘、叹惋。对于人本主义和魔幻现实主义而言,历史在一种静谧里轰轰烈烈地演绎它的梦境。以梦为驴。驴之逝,人之寿。朝廷和民间,一望无际的好姻缘让每个黎明都如同雄鸡报晓的昂扬。

初夏的一个好天气,我与众诗家登临东阿县城药王山居地焚香祈福。一位袒胸露臂的罗汉半坐半卧的铜塑很像现实的我。

据说鱼山那边曾留下吕洞宾、铁拐李、何仙姑的足印呢。

旧楼旧家院。还魂草在侧。

加减乘除,地理方位,数字命相。无论是谁的前生,都寄望自己福禄寿世,活得自在。

一盏菩提,照亮了大地。

或者说,我曾见到的是另一种殇逝。那么,我是否就能接受一匹乌驴粉身碎骨的馈赠?

09　低到草的高度

它们没有战场厮杀冲天长啸为皇权请命的赫赫功绩。

它们,跟着曹植、杜甫、贾岛、李贺、苏轼、陆游,吟哦山河。跟着希梅内斯,是忠厚善良的帕拉特罗。跟着智慧的阿凡提,是行走天下的好伙伴。

是躬耕垅亩、拉车载物的劳动者。

城池旧了,好戏散了。一座被兵燹的宫殿闪着沉重光泽。千年时光,步履沉重,依稀的旧梦遁入了空门。一道老墙逶迤似破布。一只埙在长长的江水里漂泊……过去了,都过去了。

古魏国之鲁西平原都城,旧日的繁花似锦,都过去了。

唯有一块胶膏永在。

或者,前仆后继的一群谏官,不如一块胶膏,让帝王相信永世的太平。

今夜漫天星斗狂走。

今夜月光合拢成一枝睡莲,从湖水深处高高拔升。丰美的草域,理想主义的梦境。我要像一匹忠厚善良的驴子,跟着一脉净水一道光阴,做长命千岁的神仙。

紫花苜蓿、黑麦草、高丹草和菊苣草,交错生长,由涩变甜,进入一匹匹乌驴的胃肠。生生不息的仙灵花草,菩萨的慈悯与净水一起诵经。佛声悠扬,舒筋通络,盈血壮骨。

从今天起,我要向一匹驴学习谦卑,把身体放低,一再放低,低到草的高度。和草一起随风起舞。

那些驴子向草鞠躬。它们的一生,只愿与草为伍。它们是草的孩子。

苟活一世的丑陋,不如顷刻一现的壮美。对于乌驴,我蓦然有了欣赏昂花的态度。

其实,这些乌驴,就是一匹匹能够跑动的、带着血肉之躯的劲草。

10　与一匹乌驴的距离

一匹壮硕的乌驴,从木栅中伸出头。我从脚下的泥土里费力薅拔一撮小草喂它。

我离它硕大头颅仅一个厘米,几乎贴近了它坚硬和柔软的脸额了。

饲养者从千匹中选一名曰:黑驴王子。我看见它胯下雄昂的生殖健器。血性充足,膂力劲猛,异于凡驴。

面对世界,谁能以内敛和谦卑,换来肉体的无病和灵魂的锋锐?而我、而你、而他,啖其肉、嚼其骨、吮其血、饮其膏。卿卿性命,虫豸本色。卑贱与高贵的错位。

乌驴——这群不能像快意江湖之赤电一样被赞美的马的同类,用它被千遍万遍熬煮提炼的精华,漾开圣洁与绝美。澎湃的肉身与不羁的灵魂相携相挽,叩拜献祭。并且毫无保留,捧出了自己一生的先天五行、血、草木以及绝美品质砥磨出的全部。

鲁地。东北部阿城镇。阿井。

清冽甘美的阿井水,用以煮胶,称为阿胶。阿胶,色润如莹漆,光透如琥珀。薄脆。乌驴之皮加阿井水微火熬制。功用:入心。养血、补血、活血、调血。补虚劳之症。

明代李时珍《本草纲目》曰:"其胶以乌驴皮得阿井水煎成乃佳尔。"

济人寿世。

我与一块胶膏的距离,很近。

我与一匹乌驴的距离,很远。

远与近。历史与现实。荒芜与葱郁。一匹乌驴,是侠之义者、勇者、肝胆相照者。一匹乌驴的骸体殒逝。精魂永生。

原文刊发于《诗潮》2018年第2期

(黄恩鹏,笔名黄老骢。中国作家协会会员。解放军艺术学院文艺研究员。从事多年文艺理论研究和编辑工作,论著有《发现文本》《黄州东坡》《中国古代军旅诗研究》等。著有散文随笔集《慵读时光》、长篇非虚构散文《到一朵云上找一座山》《一个山村的理想国》、散文诗集《过故人庄》等。)

散文

东阿之行

蔡东

最近这几年,我跟家人都不太愿意旅行了。所到之处虽与长居之地风物迥然,出行过程中却有个感觉越来越强烈,接下来要经历的一切都是定制好的,深陷于某种样式难以挣脱,链条式的一环接着一环。野地的尽头,孤山的深处,也活跃着极其职业化的经营者,一颦一笑皆滑熟,所有的步骤清晰明白,闭着眼也能走完流程。我隐隐感到时态出了问题,人们并不忠实于现在,没有偶然,没有即兴的元素,多义让位于确然,未知被已知强行覆盖。

路上被不停提醒,提醒我正走入一个高度成熟反复运转的体系中,陌生感越来越稀薄。商业模式的天经地义,那种懒得遮掩的直白和明确,既让人惊骇,也让人羞愧。山川草木经由多年的驯养,神魂恍惚若失,一处处风景不光被命名,还要被所谓的传说故事陈腐而低俗地表达着。

这样的旅程无法让人专注,也注定无法提供灵光乍现、物我两忘的生命瞬间。刚想沉进去好好体会一番,就有一种人工的造作,生生地把你从美妙的临界状态中拉出来。后来，脑海里一个词语渐渐清晰起来，是个流行用语，恰恰也因为流行语特有的轻浮浅陋，用在这里才格外贴切。

套路。蓦然惊觉自己身处套路的一刹那，兴味全无，真实感也消散了，好像置身于一个经不起细看的大片场。套路天然地与诚恳和认真无关，而大抵与平庸联袂相伴，套路意味着确定、重复、省劲儿、无须用心，是抄近路，走捷径，浮皮潦草地在表层上滑动。一个套路化的行业，很难见到认真的人和认真的活计。

回想前人的游记，登山、踏青、访梅、游园，文字记录的是随心随性、不拘格律的游历，是人跟世间万物的无尽情谊。山林溪湖，轩榭廊坊，也各有各的性情，各有各的姿态。读李元阳《清溪三潭记》，"源出山下石间，涌沸为潭。深丈许，明莹不可藏针。小石布底，累累如卵如珠，青绿白黑，丽于宝玉，错如霞绮"，文字之清丽，状物之传神，读来心生愉悦，但真正让我"出神"的是后面的语句，"才有坠叶到潭面，鸟随衔去"。第一次读到这句话，呆呆地坐了很久才回过神来。周围的时空消失了，倏忽间仿佛已来到水畔，亲眼看着这一幕，叶落，飘坠水面，鸟来，衔叶而去，这是人跟物象心领神会才能"看见"的妙境。描绘潭水是铺开一幅平面图，到这里，笔宕了出去，图画开始活动，一重又一重次第伸展，它变得深远了，也变得复杂和开阔了。树生长的岸，鸟飞来的天空，风景和生灵，静谧和跳脱，纳进了平实而富有神性的只字片言中。而图景对面的那位游人，松弛，心定，安住于那一刻，即使隔着千里再加上百年，我依然能体悟到他的心境。

从一个套路匆忙赶往另一个套路的行程，来不及跟山水互生情愫，也不太可能沉浸到幽渺的秘境中。路上遇到的人，往往极其精明理性，并且不惮于暴露冷漠，精于毫无缓冲的急停，一转身便是没有下文的两讫的干脆。我心里明白于其不过是一份营生，但对于那新鲜寒凉的茬口，那蓦然出现的大片空白，还是很难马上接受和适应。

散　文

　　不期然地，在本以为寻常的一次文学采风中，却感受到对方情感的注入，体验到盘桓流连的人情味儿，也了解到认真做产品的难度，做实业，的确没有无缘无故的成功。

　　东阿离我老家不远，这个地名从小听到大，仅限于听说，去年的秋末冬初，才总算有机会来这里看看。到了东阿，先见到东阿阿胶的马淑敏女士，也许是因为她的热情实在，见面后不觉得生疏，又加上她工作之余也写小说，话题就更多了。此后的几天，也时时能感受到同行的工作人员的周到细致。对企业来说，组织类似的作家采风想必不是头一回了，但相处下来，感觉组织方一点儿也不疲沓，气氛始终和乐，也没有走过场的感觉，他们尊重此时此刻，身心真正地处在此时此刻的相遇和交流中，自然而然地投入情感。后来过了很久，我还会回想起在东阿的那几日，觉得是值得记住和可堪重温的一段经历。

　　除了定好的几处参观地点，采风过程中亦有闲笔和分岔。聊天时我们才知道曹植葬于东阿城南，大家都有兴趣，便临时去拜谒曹植墓。那天早晨，空气有些清寒，我从侧门进入，发现墓园倚着平原地区低矮的山而建，遍植松树，辟邪、石马等雕像列于石板路的两侧，园中几座亭子里放着几块残碑，其中一座亭子似乎有些年月了，顶上瓦片缝隙间长出一把把细瘦的蒿草，风吹过来，摇摇荡荡的。墓园里人不多，清净中有些寥落，作为埋骨之地是正相宜的。来曹植墓之前，我才意识到此前从没想过曹植死后的去处，好像他这般的仙才，只会让人记得他的年轻，他的放旷，以及不惧时光流逝的星辰般的诗文。

　　接下来的生产区参观相当于入正题，刚进去时有些恍惚，隔着透明玻璃，看到里面设计极简，色调上白色为主，各种仪器和闪烁的电子屏，像电影大片里的高科技实验室，跟自己想象的中医药"古风"制作方式完全不同。从产品上讲，我很喜欢阿胶糕系列，外观设计有美感，配的几个小布包用料讲究有情致，也含着一份体贴的心思，里面的糕点美不美容不知道，总归是美味的，香甜可口的。

一路走下来，能体会到他们盛名之下依然愿意用心的纯粹和赤诚，这并不容易，这意味着情感和心力更多的付出。虽有传统可以依傍，名声可以仗恃，但总有人不接受套路的诱惑，深知这诱惑背后是对创造力的禁锢，做一件事可以老于世故，只追求轻松流畅无难度，也可以冲开已有经验去找寻其他的可能。

万事万物相通，这大概也是真正的艺术创作者跟"流水线"俗手的差别所在，有些文字和电影，看完会有一个感觉，感觉是机器写的、机器编剧的，敷衍成篇，似曾相识，没有打动人的细节，丝毫感受不到人的智慧和情感的力量，看的过程中没有会心了然的笑，更不会有眼睛湿润，呼吸骤停，无法言语，既强烈地感觉到自己在活着，又恍然无我的美妙体验了。总觉得，不管构思和具体书写之间的鸿沟有多深，不管最终成品如何，至少在创作之初要有突破程式的追求。

所谓的通俗文学，看似情节老套、类型化倾向严重，但天赋、艺术自觉加上苦心孤诣，依然能在行文中创造性地逃脱程式的落网，跃升到另一重境界。高中时读的《射雕英雄传》，多少年过去了，我仍然清楚地记得铁掌峰顶的那个章节，我被金庸的处理方式深深震撼过。

黄蓉被裘千仞所伤，郭靖抱着她飞奔到峰顶的禁地中暂避，查看之下黄蓉伤势严重，此时铁掌帮众举着火把在山腰叫骂，洞内偏又遇上狡诈的裘千丈，他们四处无路可逃，情势诡谲危机，让人揪心。不料接下去金庸是这样写的：郭靖进洞内探看，发现木盒拿到外室，见盒里是岳飞留下的两本册子，黄蓉让他读一段来听，于是在如此危机的时刻，郭靖朗声读起《五岳祠盟记》。原文写道："这篇短记写尽了岳飞一生的抱负。郭靖识字有限，但胸中激起了慷慨激昂之情，虽有几个字读错了音，竟也把这篇题记读得声音铿锵，甚是动听。"接着他又顺次读了岳飞的《小重山》《题翠光寺》几首诗词,这会儿铁掌帮仍喊声不绝,紧逼不已,郭靖让黄蓉枕在腿上,读完"潭水寒生月,松风夜带秋"这般的诗句,两人在松柴火光中静静依偎,说着话。

读到这里时,我愣住了,不再往下读,好像不再关心二人怎么脱险,觉得那不是很重要紧迫的事情了,我只想在这微妙至深的情境中待一会儿,再多待一会儿。震撼我的,不仅仅是韵味的复杂、收放的自如、节奏感的精妙、手法上的高明,而是险境中这个画面本身所包孕的飞扬而奇异的诗意。那种别致的意趣,感染我的是生命的天真淡然,是作者本身秉有并赋予人物的小孩心性和少年意气。真正让意境得以诞生的,也恰恰是这些元素。

读书好就好在常会经历这样的时刻,和创作者遥相感应,精神上狂喜,如痴如醉,领悟后清明澄澈,虽短暂易逝,却刻骨难忘。一年一年每次重读《射雕英雄传》,我依然觉得这一章很动人,并为年少时便遇上这样不落窠臼的作家而对生活充满感激。

原文刊发于《青年文学》2017年第12期

(蔡东,文学硕士,生于山东,现居深圳,青年作家。在《十月》《收获》《人民文学》《当代》《花城》等刊发中短篇小说多部,曾获得《人民文学》柔石小说奖、《十月》短篇小说奖、华语文学传媒大奖最具潜力新人奖、郁达夫小说奖提名奖等奖项。)

冬至里，一朵永远盛开的繁花

翠薇

> 阴极之至，阳气始生，日南至，日短之至，日影长之至，故曰"冬至"。
> ——题记

一

银杏树上金黄的小叶越来越少了，树下的落叶越积越多，鲜亮一片。石斛的圆叶片在阳光下透着红亮。有弧度的倾斜的草坡到了冬天，还是深绿得耀眼。蝴蝶不见了，蜻蜓不见了，燕子不见了，高高矮矮的石榴、樱花、山楂、云杉、白蜡、皂角，渐渐地只剩下突兀的枝干。下雪了，白雪盖住了湖水、山坡、屋脊、田野、树林。雪下的红梅，张开了骨朵，绽放了傲雪的花苞……

冬天来了，一年中最寒冷的日子，我们的内心里依然装满温暖。

早睡早起，收神"蓄阴"。古时就有冬至养生一说，冬至时节天气寒冷，人体需要足够的能量,日常中少吃寒性食物,适量进补,食用含有丰富蛋白质、碳水化合物的食物,有补气活血,温中暖下的功效,可以加快内分泌,增强机体的抵抗力,应对严寒。

春生夏长,秋收冬藏。冬至,是养生的好时节。冬至,是东阿阿胶熬胶的好时节。东阿,鲁西北平原上的一座县城,位于泰山脚下,黄河岸边,以特有的东阿古井水与黑驴皮生产出东阿阿胶,流传千古,经久不衰,将一种中国元素与文化演绎得生动、传奇,衍生出无数故事与传说。三千年历史,东阿阿胶已经修炼得越发精致、生动、妩媚、动人楚楚,用与生俱来的高贵气质与品质打动人心。

东阿有山有水有平原,为泰山余脉。山势平缓,山色娇艳,苍翠欲滴。黄河身着丝绸的衣衫,从东南向西北逶迤而去,灵气偎水而生。洛神湖穿城而过,似一条亮闪闪的锦带,如曹植秀丽的诗句。药王山高高在上,胸怀坦然,承载人们的愿望与虔诚。平原辽阔沃野千里,果蔬丰硕庄稼饱满,草木花枝沾满清露,出门碰到一鼻子清香。东阿因阿胶在历史上的地位源远流长,汉朝时属东郡,置东阿县。《本草纲目》记载:东阿为阿胶发源地也。在行政区域上,改朝换代曾数次划分,但并不影响"中国阿胶之乡"这一响亮的名号。

秋冬进补,来年打虎。自古,东阿阿胶就有冬至子时取阿井水、燃桑柴火炼制九朝贡胶的传统。在阿胶古法炼制中,对水质、驴皮、技艺,以及时辰等都有着极高的要求,须在冬至前选上好乌驴皮,冬至子时取东阿阿井水,用桑木柴火,由炼胶传承人亲手熬制。因为冬至子时为阴极阳生之时,冬至子时阿井水乃至阴之水,乌驴皮乃至阴之皮,桑木柴火为至阳之火。取至阴之皮,用至阴之水,燃至阳之火,水火相济,阴阳平衡,经九天九夜、九十九道工序方能炼制成九朝贡胶,其中任何一个环节都不能出错。

仪式感有不可或缺的氛围。人们在千年古阿井前,双手合十,焚香祭拜,随后,缓缓用木桶从古阿井中取出水来,并庄严地启动点火仪式,这标志着当年冬至古方炼制阿胶的正式启动。整个仪式庄重严肃,"启井封""迎神""献礼""望燎""汲水"……近千名观众目睹了整个取水过程,感受着深厚阿胶文化的延续和传承的温度。"阿胶膏""阿胶块""桃花姬""九朝贡胶",便在冬至之后应运而生。

药圣李时珍《本草纲目》有名言:"阿胶《本经》上品,弘景曰:'出东阿,故名阿胶'。"

东阿阿胶,上好阿胶。是老百姓吃得起的道地好胶。

二

冬至后的一天,有幸到东阿阿胶公司造访,这注定是我与阿胶企业的一次幸会。

曾经喜爱"桃花姬",痴迷"桃花姬"的我,见到主人恭迎客人盛在盘中的"桃花姬",一个个小方块上升腾着朵朵粉红的桃花,似乎春风摇曳,似乎花枝带雨。包装袋里透出晶莹的黑芝麻、洁白的核桃仁。黑红锃亮的阿胶块,令我两眼发亮,垂涎欲滴——这可是女人的爱物。"桃花姬",专为女人而生,它包装的色彩,从来都是粉红,它的质量,它的功效,令女子们爱不释手。它的大小,它的厚薄,多么适合女人的樱桃小口,多适合女子们跷起兰花指,用食指、拇指小心一捏,将一块桃花姬轻轻送入口中,慢慢咀嚼,细细品味,满口余香。霎时,犹如一只蝴蝶飞上小女子的面颊,旋转闪耀出太阳的光泽。我和同行的女友,按捺着内心里的激动,坐到桌前,虽然表面上看起来不动声色,镇定从容,内心里却是窃喜的。坐定之后拿起一块,将包装撕开一角,香气忽来。跷起指尖咬下一口"桃花姬",不出声地品味,美味与味蕾碰撞,便是最美的结合。一块不过瘾,又撕开一块,任那种浓浓的胶香与果仁柔韧的香甜将我们陶醉和折服。

"桃花姬"浓浓的香气在唇齿间逗留,不舍得快速咽下。阿胶的胶香、桃仁的脆爽,黑芝麻的绵厚,在口腔里混合、交汇,产生更浓重的厚味。我们让它在舌尖上久久地留恋、跳舞,内心也被美味、美食浸润与填满。

　　嘴里吃着"桃花姬",我们这一群女人将目光碰撞,眼里流淌喜悦,相互交流着:

　　"软糯!"

　　"香甜!"

　　"这是我吃到的最香的阿胶糕!"

　　"我平常也是每天吃两片!"

　　其实我们这一群都是极挑剔和讲究的女人,但今天在美味的诱惑之下,几乎是顾不上吃相了。

　　看那厂里的迎宾小姐,一身白裙,衣袂飘飘,站在门口蟓首蛾眉,笑意盈盈,巧笑倩兮,美目盼兮。身姿、容颜惹人爱怜与侧目,像一只白蝴蝶,像一串洋槐花。莫非她们是因为在阿胶厂耳濡目染,常服阿胶,被灵气浸润之缘故?

　　当年的小兰儿慈禧太后不也是因为服用我们东阿境内的阿胶才飙升了自我价值,生下了顺治皇帝,从此母仪天下,威风堂堂?这也成就了阿胶的千古美谈。

　　明代朱克生《秋芳日记·莞尔唐史》中有言:"虢国夫人娥眉长,酥胸如兔裹衣裳。东莱阿胶日三盏,蓄足冶媚误君王。"四大美人之一的杨贵妃在道观时,经高人指点,得知阿胶有容颜常驻之术,暗中掌握服用阿胶的秘诀:"东莱阿胶日三盏",令自己花容月貌,肤如凝脂。

　　阿胶是为天下所有女人量身定做的尤物。哈哈,用姹紫嫣红,用驻颜有术延迟、对抗美人迟暮,这真是一件功德无量的事情!对岁月纵然有深深浅浅的记忆,我们宁愿刻在心里,也不愿意写在脸上。真阿胶水里来火里去,久服可益气可轻身。女人"以血为本,以血为用",阿胶滋补肌肤,养生、养血、养气,因一个"养"字,便成了历朝历代各个朝廷的"贡品""上品""圣品""圣药",三千年之久,真金不怕火炼,经久不衰!

三

人顺应大自然的规律,与天地共阴阳,才是最健康的生活方式。秋收冬藏,养精蓄锐,等待春天的到来。

"小黑驴,白肚皮,粉蹄子粉眼粉鼻子。"那头在民谣里被唱了三千年的小黑驴,依然在东阿民间生机勃勃,在东阿的小山坡吃嫩草,晒暖阳。

当一个地方,有延续了三千年的美誉;当一个地方的物产,三千年了还在发扬光大,并日臻完善、成熟,这便是风水宝地遇见了风调雨顺;这便是天时地利人和,成就了东阿,成就了东阿阿胶。皇天后土,一脉相传,三千年的东阿阿胶,立于不败之地,也就在于坚持、坚韧。在这个世界上,只有自己是自己的对手,只有自己是自己的高峰。阿胶,生在东阿才叫阿胶,别处出产的胶只是胶而已。东阿阿胶唯东阿阿井水而不能,黑驴皮而不可,加上东阿胶匠精益求精,成就千古美名。阿胶成了东阿连接世界的重要纽带和密码。

对于普通老百姓,怎样强身健体?对于病后虚弱,怎么"久服之,便可轻身,益气"?对于年长老人,怎么延年益寿?对于徐娘半老,怎么保持风韵犹存?怎么才能让青春永驻?怎么才能让面颊上羞涩的红云若隐若现?我们一群自命名为女神的女子,早就选中了阿胶,并得到了验证。日服桃花姬两片,能有吃出来的美丽!

真正的东阿阿胶,是一种生活方式,是一种文明的象征,更是由来已久的文化遗产,是献给世人丰盛的奢侈品。

看见城市里满大街的阿胶专卖店,看见超市里红满堂、高贵而尊崇的阿胶专柜牌匾,我心里就温暖着、明媚着,阿胶历经三千年经久不衰,一盒盒精

"小黑驴，白肚皮，粉蹄子粉眼鼻子。"那头在民谣里被唱了三千年的小黑驴，依然在东阿民间生机勃勃，在东阿的小山坡吃嫩草，晒暖阳。

美的阿胶糕、阿胶片、阿胶浆、阿胶胶囊、阿胶枣等等，袋装、盒装、礼品装，整齐划一，排列有序，应有尽有。黄透如琥珀、明燦、清脆，令每一位过往的顾客徘徊、止步，伸出款款双手，引领阿胶回家。走亲访友、孝敬老人，服用者面若桃花！难怪每一家的专卖店生意都那么好！

　　自古被命名为"九朝贡胶"的阿胶，是宫中达官贵人自享与馈赠亲朋好友的时尚礼品。如今，宫内的尤物下凡民间，喜出望外的自是贩夫走卒，普通百姓。如今，阿胶虽然还是尊贵，却是走进了千家万户，和百姓打成一片，成为至交。这是阿胶的福气，更是百姓的福气啊。

四

　　昨天与朋友一同游览济南南部山区，对于爬上山，饱览山顶风光，我不抱希望。因为我知道自己体质较弱，在前一段时间去临沂爬一座不太高的小山时，走在半山腰，竟然气喘吁吁，眼冒金星，细汗淋漓，走不动路了，只好坐下来休息。败下阵来的我，望着朋友们爬山的背影羡慕不已，自己确实力不从心。而这一次我也以为自己走到半山腰会败下阵来，没想到自己跟在朋友后边，竟然上了一级一级陡峭的石阶，欣赏了山上迷人的秋色，连环的山洞，美妙的风光。自己并没有掉队，不知不觉就到了山顶，我们一起大声欢呼，一起合影留念。我为自己庆祝，为自己高兴，同时我也分析身体强壮的原因。想来想去，我认为自己一定是一个月前，去了趟东阿，带来不少"桃花姬"，我每天都服用几片"桃花姬"的缘故。我喜欢它的味道，它的口感，那果仁，那胶片柔韧、质感、软糯、香甜。服用"桃花姬"的时候，是我一天中最放松的时刻，有时我歪坐在沙发上，有时在阳台的阳光里，有时手里捧着一本书，连文字与"桃花姬"一同咀嚼，那种感觉真是奇妙无比，清爽无比。我找到了我体质增强，产生力量的密码，一定是我服用了阿胶，才更有精力爬上山顶，我兴

国家非物质遗产阿胶技艺传承人秦玉峰展示炼胶工艺之挂旗

奋地将这个消息告诉身边的朋友,她们都替我高兴,这也验证了阿胶"久服,可益气可轻身"的功效。

朋友兰听了我的感受,并不以为然,她说我,你才刚开始吃阿胶几天啊,我都吃了好几年了,你看我这体质,一年年的连感冒都没有过,这才是吃嘛嘛香,身体倍棒!几乎每个月我都有旅行计划,经常是一帮人出去自行旅游,爬山路都没有的野山,我从没感觉到累。

兰的分享更是让我们一行人都叹服。

五

古时阿胶在冬至用金锅、银铲、铜瓢为工具,以桑木柴为火,经九天九夜、九十九道工序炼制方成。这其中，每一道材料和工艺都极为讲究，以桑木火为例，按照李时珍《本草纲目》的记载，火有阴火、阳火之分，只有以火力均匀、火势平稳、温度较高的桑木阳火炼胶，才能与至阴之东阿水阴阳相合、水火相济，从而炼得上等"九朝贡胶"。那些曾经拥有辉煌岁月的金锅银勺铜瓢如今安静地躺在阿胶博物馆里，供人仰视。阿胶那些光荣的历史被携刻在墙壁上，呈栩栩如生状。阿胶是东阿人的骄傲，图腾与飞翔。是本土人士挂在嘴边，永远说不完的话题，更是走到异乡美妙如大餐般的谈资和荣耀。

阿胶色如琥珀，质硬而脆，断面光亮，口味纯正，香气浓郁。《本草纲目》称阿胶为"本经上品"，意思是男女老少皆宜，四季服用无妨，所以阿胶始终是用来滋补的首选之品，能代代相传经久不衰。阿胶用金黄、黑红、晶莹剔透铺就一条灿烂的民族瑰宝长河。千年阿胶凝固成永远盛开的花朵，妩媚、妖娆，香气扑鼻，在民族文化之林里独树一帜，永远奇葩。

健康，这部无法破译的天书里，东阿阿胶不断出新、再造，质量台阶不断提升，适应着时代的发展。文化是一个产品的营养与血液，能锻造一个地方的气质与品格。东阿县沃野千里，历史悠久，将阿胶的前世今生演绎得生动、妩媚，超越历史，向消费者诉说发展与变迁，魂魄与精髓。

东阿阿胶，得天独厚，惠泽苍生。向世人展示绚烂的民族瑰宝，用实实在在的养生精髓铺就一条灿烂的精神长河，在汹涌澎湃的黄河岸边，与曹植文化，与梵音迭唱吟咏成东阿千年不绝的史诗。

药圣李时珍《本草纲目》有名言："阿胶《本经》上品，弘景曰：'出东阿，故名阿胶'"……

（翠薇，本名崔会军，中国散文学会会员，山东省作家协会会员，山东省第16届中青年作家高研班学员。聊城市诗人协会副会长，东昌府区作协副主席，聊城市评论家协会副秘书长。出版诗集《在内心，种植一盆兰草》。）

散 文

透过"透明"看阿胶

李浩

到东阿,参观东阿阿胶的生产车间似乎是一个必备项目,至少对我来说如此。我已三次来到东阿,前两次均是作家范玮的邀请,我们的话题集中于文学、哲学、电影和普遍人性,当然也谈作家们……范玮安排周到,将游览路线一直延伸到泰山和烟台,让你婉拒、坚拒都不得。不过,浏览路线图中,每次,都将参观东阿阿胶产业园列了进去,第二次,还增加了对东阿阿胶黑毛驴繁育基地的参观——他说,必须要去。然后是一串由他自己完成的广告词。

需要承认,第一次,我是怀有某种轻拒之心前去的。在印象中,我大体有"工厂"的基本概念先入为主,我以为东阿阿胶也大体如此,它不会超过我之前无数次跟随采风团所看过的那些大大小小,坐落于北京、天津、上海、广东或大连的工厂。是的,在外观上,东阿阿胶没有超过它们,许多企业都显得比它阔大、智能;但,从第一次参观开始,我就成为东阿阿胶的顾客。那时,我

透明的阿胶擦胶车间（郑伟亮　摄）

不认识一个东阿阿胶人，作家范玮是义务宣传员，我最初吃到的东阿阿胶产品也都是他赠送的。需要承认，尽管我信任范玮，但却不太信任他嘴里的广告语。我是那种对一切广告语都抱有警惕的人，一切。

让我成为顾客的原因有两个：一是我妻子体弱，她需要；一是那次参观给我的印象，它获得了我的信任。

这信任，来自透明。

在我看来，东阿阿胶的企业成功，很大程度在于这份透明，"透明"是它们营销策略中很显然、很独特、很有效的一部分，甚至可以说是最有经济价值的一部分。

据说，让企业的生产透明化来自于东阿阿胶总裁秦玉峰的一次海外之旅，那次带有洽谈目的旅行给予他强烈的灵感——他在朋友的带领下去吃法国大餐。

秦玉峰兴致勃勃地来到餐厅,透过玻璃看到厨师们在操作间忙碌,这层玻璃只隔下了油和烟的气息以及火焰的热度,而其他则都是透明的:菜品的选择、洗涤,操作间的洁净程度,原料的配制使用和它们取自哪里……那种新鲜,美感,品质上的保证,一下子让秦玉峰在食欲大增的同时也感觉"豁然开朗",他决定,要把"透明"带回东阿阿胶。

这一参照性的引入显然是成功的。我觉得,作为企业的领导者,他深谙市场也深谙消费心理。

在时下,普遍的相对富足是一个事实,民众消费能力的普遍提升是一个事实,追求品质生活、健康生活也是一个普遍的民众诉求。我用出了诸多的"普遍",是的,它是我们每个人都可以感受得到的普遍,在我和我们的家人、朋友、同事之间存在着的"普遍"。而与之对应的则是:国人对食品安全、医药安全有着同样普遍的不信任,我们不得不承认,在全国的诸多行业中,造假是种常态,虚假的宣传是种常态。毋庸讳言,电视台也曾曝光过阿胶生产的虚假问题,譬如用马皮替代驴皮来生产。一百个真,有一个假就足以动摇人们的信任感,何况,就我们所知的真假比例远比一百比一要严重得多,惊心得多。信任,在食品和医药行业,在保健品行业,都已经是一个奢侈得不能再奢侈的词。怎样做,才能获得相信?凭什么让人相信?我想,这个问题远比我想象得有重量,对于东阿阿胶的人来说,尤其是管理层的领导者们。

透明,生产的透明,让你目睹生产加工的基本过程,便成为东阿阿胶厂"力挽人心""重获信任"的关键着力点,当然,它也成为营销的重要手段之一。让人清晰看见,远比天花乱坠的承诺要实在得多,具体得多,似乎也有力得多。于是,我数次参观了东阿阿胶的生产过程,透过透明的玻璃,我看见阿胶生产的诸多工序,看见工人们有条不紊的忙碌,看见他们如何擦胶、洗胶和检测,也看见他们更新着的技术手段和不变的质量要求……第一次到东

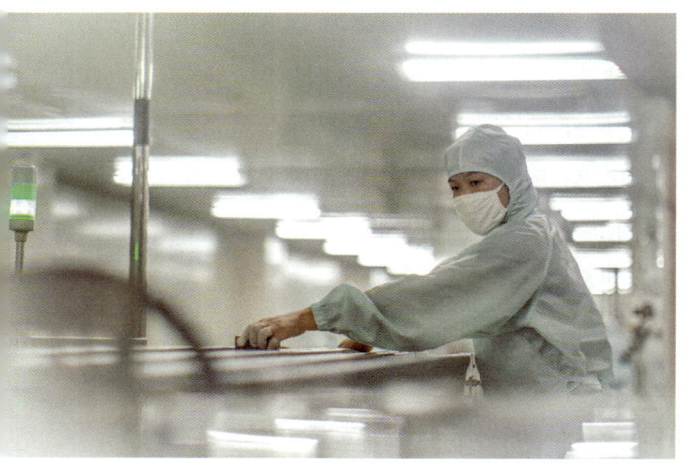

"透明"的生产过程

阿阿胶，讲解员讲得很好，但那次我的注意力没有交给耳朵，而是交给了眼睛——我愿意看，看见，用我自己的眼睛看见，我想诸多的游客大约也有类似的心理。

也就是从那次开始，我真的从游客变成了顾客。让我相信、让我愿意成为顾客的原因就是，它的透明。我愿意为这份透明付款。

把"透明"营销出去——无疑，东阿阿胶是一个可贵的、成功的范例，我甚至觉得，东阿阿胶大部分利润的获得都与他们的"透明营销"有着丝丝缕缕的关系。透明，让他们获得了信誉、口碑，以及可以继续扩展的市场。它不仅是让生产过程看得见，更深的意味在于，让产品质量能够看得见、让东阿阿胶对工艺和品质的坚持能够看得见。透明，也是自信与坦荡的表现——作为观察者，参观的游客与潜在客户，你尽可用最为苛刻、挑剔的眼光来看，甚至你可以戴着有色眼镜来看——我们就是如此，一向如此，并用行动告诉你，我们会继续坚持下去。这，就是品质的有效保证。

东阿阿胶的透明，还体现在更多的侧面：养殖基地是透明的，东阿的一处当然是最为典型的"示范园"，他们在全国自建的17个养殖基地也都有案可查；原料来源是透明的，他们在行业内率先建立了"驴皮溯源工程"，这是阿胶质量保证的前提之一；成品检验、包装赋码和销售出库也是透明的，每一个环节，都可以一步步追溯……加上我们参观中的生产加工的透明，可以说，东阿阿胶的"透明"基本贯穿了它的全部环节。到东阿，参观东阿阿胶的生产车间似乎已是一个旅游的必备项目，太多的旅游者通过他们的

"看"、通过他们的"看见"而成为东阿阿胶的购买者,他们的购买力甚至显得惊人。

从某种意味上讲,"透明"不仅是宣传,不仅是营销,"透明"本身就是产品。就像信誉的本身也具备非凡价值一样,东阿阿胶所做的、正在做的,就是在食品、保健品和药品的信誉度不断下降,然而需求却是在不断上升的前提下,紧紧抓住了民众普遍心理,在扎实做好企业的同时把"透明"营销了出去。

透明,并不难克隆,几乎所有的厂家,尤其是食品、药品、保健品厂家可以借鉴性地拿来,其难度在于,你对自我的产品及生产过程要有高度的自信,保障无假劣的出现。你的每一点每一处,都能经得起最严格、最挑剔的目光,更经得起科学仪器的检测。第三次到东阿,我听到了一个"842"的故事:在中日关系滑向低谷时,日本厚生省提出,出口日本的东阿阿胶需要接受更严格的产品安全检测,共有842项检测内容,而许多项,甚至是国内检测中所从未有过的,东阿阿胶对是否能通过检测完全没有预先估计……结果是,842项农残检测"零检出"。

只有严格把关才能提升自信,只有自信才可以敢于"透明",而"透明",又会促使企业不敢有丝毫的懈怠,这样,企业才最可能走向良性,越来越有良好的口碑,尤其是对于食品保健品企业来说。

原文刊发于东阿阿胶微信公众号

(李浩,男,生于河北,一级作家。作品曾获第四届鲁迅文学奖、第十一届庄重文文学奖、第三届蒲松龄文学奖、第九届《人民文学》奖等奖项。第七届鲁迅文学奖评委,第十届儿童奖评委。)

东阿漫笔

王巨才

一

记不清是哪一次了，1995年或是1996年，中国作协在梅地亚召开理事扩大会。大会中途，我离开会场，借去洗手间的机会，过过烟瘾。烟点着，猛一抬头，见过厅对面墙根处，几个女孩围着汪曾祺先生，像采访，又像聊天，便下意识地走近前去。

其时，汪老正为哪位女孩在笔记本上题字。他抬头瞅我一眼，以为是有什么事要打搅，脸便沉了下来。中新社的王晓云见我们似乎并不熟识，便主动介绍，说了我的名字、单位，见他仍不搭理，其他几位也帮着圆场。这当儿，汪老突然打断大家话头，以不厌其烦的表情回道：

"知——道！几斗？"

"知——道，几斗？"什么意思？或许是他的高邮话语音急促难懂，不只是我,旁边这几位也都一脸茫然,莫名其妙。

汪老沉着脸,又重复一遍:

"不王巨才吗,几斗?"

众人仍是疑惑不解。晓云边回味,边迟疑地翻译:

"汪老问您,几,斗,几,斗……"

呀,几斗,几斗!慌乱间灵光一闪,猛地从汪老黧黑的故作深沉的面部表情中觉出一丝揶揄、调侃的意味,这才恍然大悟:咳,这老头岂不是在拿"才高八斗"的成语"挖苦"我,同我开一个诙谐而又不失高雅的玩笑嘛!

于是连连抱拳:岂敢,岂敢。惭愧,惭愧。落荒而逃。

身后响起一片会心的笑声。

这是我同汪曾祺先生第一次近距离接触。

汪老的大作早已拜读。名噪一时的《受戒》《大淖记事》等小说外,他的散文也广受推崇。1993年陕西人民出版社出过他的一个随笔集,责编送我一本,集子的"自序"只百十来字,平实、清爽,别致,毫不做作,却让人立马从中体会出何者为随笔,又何者为大家笔下的随笔:

> 我已经出过两个散文集。有一个小品文集正在付印。在编这个集子的同时,又为另一出版社编一个比较全面的散文选。那么,这个集子怎么编法呢?为了避免雷同互见太多,确立了这样一些原则:游记不选;纪念师友的文章不选;文论不选;抒情散文不选。剔除了这几点,剩下的,也许倒有点像个随笔集了。是为序。

这本书,我一直置于案头,不时翻阅,其中写到的那些陈年旧事,寻常人物,惟妙惟肖,总让人过目难忘,而无论是高邮的鸭蛋野菜,昆明的鸡枞牛肝菌,还是张家口的蘑菇马铃薯,这些司空见惯的家常菜蔬,经由他绘形绘色的描写，也都活色生香，引人垂涎。

不止文章好，汪老的书法绘画在文人圈里也大受追捧。作协规矩，每年春节前，党组和书记处成员都要分头慰问在京的理事，即后来的全委。分配走访任务时，几位年轻同志都争着要去汪老家，目的自然是别有所图，而去过的同志，每人都如愿以偿，从没落空；关系特别熟悉的，往往一进门便前后一通乱翻，直至把书房的存货洗劫殆尽。汪老不尽不以为忤，反而拿出好茶好烟招待，回来的同志常拿自己的斩获炫耀，说："嘿，老头乐意着呢。"

我因年纪稍长，不便与年轻人相争，故从我到作协直至汪老去世，从没去过他府上。其间虽也有几次在会议上或饭局上的会面，甚至还一同去过四川、云南采风，但考虑到他总也应酬不暇，太忙太累，也没张过口。但令我欣慰的是，我现在手里确有一幅汪老的书法，是他专门给我写的：

山下鸡鸣相应答
林间鸟语自高低
芭蕉叶响知来雨
已觉清流涨小溪

旧作宿桃花源书奉
巨才同志
一九九六年六月　汪曾祺（章）

字的由来，说来也有趣。老作家刘萌有一篇文章，发表在 2008 年 12 月 6 日上海的解放日报，写他和同事到虎坊桥汪老新居求写书店牌匾事。其中一段写到，牌匾写好后，他们还想给自己讨幅字，又不好意思明说，于是就去翻书案旁边的字纸篓……

汪老问："你这是干什么？"我说："看有没有你扔掉的字画，我们好拣一两幅啊。"汪老拿眼瞪了瞪我，把我的胳膊一拨拉，说："去。要什么字，都谁要，说。"听口气，老人今天情致不错，竟然如此爽快答应，我们三人就每人讨要一幅。除此之外，得寸进尺，我又用试探的口吻，给王巨才要了幅字，没想到汪老也答应了。那时巨才刚从陕西调来中国作家协会，还没机会与汪老认识，我私下里跟巨才接触几次，觉得他为人比较正派，对困难中的《小说选刊》非常理解，令我这个当家人非常感动。有几次跟巨才聊天，知道他是一个书法行家，作家中最喜欢汪老的字，这次就想帮他求一幅。我把情况跟汪老说了说，他一听遇到知音，立刻就来了精神，展纸挥毫写了一幅。

汪老这幅字，以自如隽秀的行楷写就，"旧作"的清新脱俗自不待言，单就笔墨意态和章法布局，在我见过的汪老书法中也算十分讲究的。得这样一件墨宝，虽说意外，细较起来，也是缘分所关。没事时，我常对着它静静地端详，回想这位"人见人爱花见花开"的好老头惯常的才气、学养、人品、文品，琢磨他何以总被大家目为当代文坛的"大国工匠"，或"最后一位文人"。

二

后来到山东聊城，才从东阿阿胶公司总裁秦玉峰那里得知，所谓"才高八斗"也者，语出南北朝时期著名的山水派诗人谢灵运，是他对建安才子曹植五体投地的推崇赞誉。

史传谢灵运为人疏狂，恃才傲物，尝于酒后放言："天下才共一石，曹子建独得八斗，我得一斗，自古及今共得一斗。"这话貌似自谦，实则睥睨群伦，

曹植墓

大有"天下英雄唯使君与操耳"的气概。而事实上,曹、谢二人相隔两百多年,分处魏晋首尾,就文学成就和影响而言,前后呼应,各领风骚,并称"双雄"亦无不可。

在中国文学史上,东汉末年的建安年代,是一个俊才云蒸的黄金期。以曹操、曹丕、曹植为中心,周围聚拢了包括孔融、陈琳、王粲、徐干、阮瑀、应玚、刘桢在内的"邺中七子",他们并世而立,相互照耀,共同辉映着星汉灿烂的文学天幕。其中最耀眼的星座,当数曹植。

曹植的作品,最为人们熟知的自然是那首感愤"豆萁相煎"的七步诗,以及那篇情意缠绵的《洛神赋》,但他的名篇佳构绝不止这些。作为建安文学旗帜性人物,他于诗歌、辞赋、散文均有卓越建树。他的五言诗,无论叙事述志,长篇短制,皆意象开阔,比附生动,每一出手,轰动朝野。而他那些文采斐然、神思激扬的辞赋和表疏、书信等,尤为文坛推重,更深得文韬武略的乃父曹操赞赏。对这些作品,梁代文艺评论家钟嵘给予极高评价,称其"骨气奇高,词采华茂,情兼雅怨,体被文质,粲溢今古,卓尔不群",以致感叹:"嗟乎!陈思(曹植谥号)之于文章也,譬人伦之有周孔,鳞羽之有龙凤,音乐之有琴笙,女工之有黼黻。"诗圣杜甫也写诗称赞:"子建文章壮","诗看子建亲"。足见"八斗之称,良非溢美"(明·胡应麟)。

遗憾的是,尽管曹植才藻宏富,又贵为王侯,但他的人生历程并不如想象的那般春风得意。他的理想、抱负、才干一直受到权力的打压,仕途充满辛酸。这种打压,直接来自他的胞兄曹丕。这位在王位竞争中以心计、权谋胜出的魏文帝,说来也是文学大家,文章好,文论方面也下过功夫,出过文学研究专著,说过"文章乃经国之大业、不朽之盛事"这样的经典名言,剖析过"文人相轻,自古而然"的劣根积习。但一旦登上权力宝座,他对自己才华横溢、深孚众望的弟弟并未表现出丝毫的宽容,反而将其作为潜在的对手和不安定因素,严加监视,百般设防,使之一直生活在"徒有国土之名,而无社稷之实,又禁防壅隔,同于囹圄"的境地中。在《迁都赋序》中,曹植曾痛苦记述:"余初封平原,转出临淄,中命鄄城,遂徙雍丘,而未将适于东阿。号则六易,居实三迁,连遇瘠土,衣食不继……"正是在这种动荡不宁、颠沛流离的心理高压和精神摧残中,这位骨气奇高的"建安雄才"(唐·李白)在绝望中发疾而薨,走完了他精彩又坎坷的一生。

平实而论,曹植的不幸遭逢,既有权力倾轧的原因,也与其政治修为的不足,特别是性格方面的缺陷有关。按说,他的才干、资历、口碑、人望与曹丕比并不逊色,某些地方甚至胜人一筹。当年铜雀台上一场突袭式的"考试"中,他那篇才思敏捷、出口成章的《铜雀台赋》一鸣惊人,让父亲大感讶异,刮目相看。他十四岁就开始随父征战,北破乌丸,东临碣石,西出散关,南抵赤壁，有过较多的军事历练。而他"性简易，不治威仪，舆马服饰，不尚华丽"的秉性又与父亲的务实作风十分契合。因此，他曾被作为曹魏政权理想的王位接班人考察培养，而最终又从后备名单中被拉掉，除去别人使坏暗算，他本人嗜酒如命，佯狂买酒，言行任性，不自约束，每每误事惹祸，授人以柄，也是重要原因。最严重的事端，是醉闯司马门。在那个事件中，他与好友杨修喝醉酒，乘车回家途中兴奋不已，强令卫兵打开王宫禁门，在只有帝王举行大典时才可行驶的驰道上一路奔驰，穿过司马门、显阳门、宣明门，直达森禁最严的金门。这在当时真可是一个了不得的事件。虽然曹操已是权倾朝野，但朝廷中的反对势力也不可小觑，此事传扬开来，后果不可逆料。盛怒之下，曹操下令处死主管宫门禁卫的司马令，同时也对这个曾经十分看好、认为"可定大事"的儿子彻底失望。最后于建安二十二年（公元 217 年）立曹丕为太子。这又印证了时下广为流行的一句话：性格决定命运。

曹植毕竟是一介文人。他虽有"勠力上国，流惠下民，建永世之业，流金石之功"的愿望，却因书生气太重，对官场游戏规则罔顾不敏，结局也只能是怀正信而见疑、抱利器而无用，汲汲无欢，郁郁而亡。吊诡的是，与他遭遇最为相似的，恰是两百多年后对他心慕神追、推崇备至的谢灵运。谢出身豪门世家，不仅诗歌、书法、绘画等也都享有盛名。他虽寄迹官场，做过大司马行军参军，永嘉太守，临川内史，但文人积习难改，常常耽于诗酒，妄议朝政，日夜宴游，荒废公务，受到举报审查，最后竟被以叛逆罪名杀害，结局比曹植更惨。

这两位魏晋才子的文学天分无与伦比。唐初文坛四杰之一的王勃在《滕王阁序》中曾以"邺水朱华，光照临川之笔"赞美他俩的文章，表达对他们的心仪与惋惜。想来也是，倘两位不为宦海羁縻消磨精力，是一定会有更多传世之作彪炳史册的。还是魏文帝说得对："年寿有时而尽，荣乐止乎其身，二者必至常期，未若文章之无穷。是以古之作者，寄身于翰墨，见意于篇籍，不假良史之辞，不托飞驰之势，而身名自传于后。"这些话见识高远，入情入理，

中国阿胶博物馆

每一个老字号都有它独特的历史,都有说不完的故事,都是一本大书、一部经典。

倘曹、谢二位及早领会，止所当止，结局断不致如此令人扼腕唏嘘。

好像哪位作家说过，在一个社会里，如果人人都热衷政治，都想当政治家，也是一件挺麻烦挺可怕的事。

又说，作家的天职是创作，就得拿作品说话，其他都是扯淡。

三

到达东阿当天，甫一见面，我便问秦玉峰总裁，手下现有多少人马，能上千吗——印象里，一个制药厂，能到这个规模，算是了不起了。秦玉峰一边同我握手，一边直直地盯着我，像面对一位外星来客，但脸上仍保持优雅的笑意。下车伊始妄发议论，难免弄出笑话。

次日的媒体见面会上，相关负责人介绍，东阿阿胶已有3000多年历史，新中国成立前一直是家庭作坊生产。1952年正式建厂，只有13名职工。经过65年发展，现在已是拥有6000多名员工，总资产110亿的全国医药百强、全国中药行业效益十佳企业。

这位负责人强调，从2006年上市以来的这十年，是公司发展最快效益最好的十年。与十年前相比，企业销售收入由不到10亿增长到55亿，净利润由1亿增长到18亿，公司市值由22亿上升到426亿！

秦玉峰1958年出生，16岁进厂当学徒，四十多年勤学苦练，成为国家非物质文化遗产东阿阿胶制作技艺传承人。谈起公司十年来跨越式的发展，他认为主要是彻底告别了作坊式、家族式原始生产的理念，引入先进的现代管理思想的原因。而实行"文化营销"即是其中重要一环。他说，文化是企业发展永远不会枯竭的资源。每一个老字号都有它独特的历史，都有说不完的故事，都是一本大书、一部经典。发掘利用好这些丰富的历史文化资源，强化品牌意识，提升品牌价值，企业就能在激烈的竞争中凸显优势，赢得信誉，赢得市场。

秦玉峰这些新颖独到的见解，我是在参观"中国阿胶博物馆"并翻阅有关图文资料后得以认同的。

比方，我曾怀疑，既然一千多年前陶弘景在《本草经集注》中就讲，阿胶"出东阿，故曰阿胶"，为什么现在还要在"阿胶"前面叠床架屋地加上"东阿"两字？

在博物馆，讲解员和蔼而又决然地解释说，这是绝对不可省略的。"东阿阿胶"是"国家重点保护品牌"，与其他同类产品最大的区别，一是原材料不同。李时珍《本草纲目》说："阿胶以乌驴皮得阿井水煎成乃佳"，而"阿井"就在东阿，水源来自泰山、太行两山交汇处的地下潜流，水质"清而重，性趋下"（宋·沈括），异于寻常；二是工艺不同。好的阿胶要取阿井水，精选上等黑驴皮，经九天九夜、九十九道工序提取淬炼而成，胶质晶莹，色如琥珀，更宜人体吸收。这种将传统技艺精华与现代科技结合的制作过程，被确定为国家级的保密工艺。

一番点拨，茅塞顿开。东阿阿胶特有滋补养生功效，原来正是源自这些得天独厚的资源、工艺条件，源自千百年来从业者一丝不苟、精益求精的工匠精神。看来，张仲景、陶弘景、孙思邈、李时珍等历代医药名家说它"上品""圣药"，确是其来有自。而朱熹、曾国藩、李鸿章等名臣显宦将它视为"延赓续寿""难得之物"，或自用，或孝亲馈友，亦在情理中。当然，使它名声大振、身价百倍的，恐怕还是它自北魏起，就成为历朝历代的皇家贡品。诸如唐太宗派尉迟恭修护贡胶专用水井，长寿皇帝乾隆玄烨喜服"阿胶八珍糕"，同治皇帝遣钦差大臣监制"九朝贡胶"等，查之宫廷档案，均有记载。至若杨贵妃"暗服阿胶不肯道，却说生来为君容"，虢国夫人"东莱阿胶日三盏，蓄足冶媚误君王"，慈禧太后怀孕时患崩漏之疾，服阿胶而痊愈等，虽不见诸正史，但文献每有记述，无疑也给它增添了艳丽的光环。

想起超市颇为畅销的滋补零食品"桃花姬"。那娇艳的名称和醒目的包装总惹人驻足回望。它的创意来源于白朴的散曲《锦上花》。白朴是与关汉卿、马致远、郑光祖齐名的元曲大家,金哀宗天兴二年(公元1233年),他随元好问来聊城避乱,见满城争说阿胶好,便在作品中对它做了诱人的广告式的渲染:"阿胶一碗。芝麻一盏。白米红馅蜜饯。粉腮似羞,杏花春雨带笑看。润了青春,保了天年,有了本钱。"其实,以东阿阿胶入诗入文的何止白朴,魏晋的曹植,唐代的元稹,宋代的王安石等历史上众多文坛大咖都为它留有脍炙人口的华彩篇章。其中罗隐的政治讽刺诗《黄河》,以"莫把阿胶向此倾,此中天意故难名;解通银汉应须曲,才出昆仑便不清"的诗句,对晚唐社会政治的腐败污浊进行了愤懑的抨击,从而也可看出,这种甚至可以使水质净化的药物,当时已是人们寻常谈论和吟咏的对象。

如此看来,这色如琥珀的东阿阿胶确是与文人墨客结有不解之缘,它承载有太多的历史信息,太丰厚的文化积淀和人文情感。而这一切,都被秦玉峰娴熟自如地运用于企业的生产与经营,通过多种方式的运作,唤醒人们的历史记忆,彰显产品的高贵与荣耀,这,或许正是东阿阿胶独擅胜场的秘籍之一。秦玉峰对我的看法未置可否。他拉我到博物馆另一展室,朝右手墙壁一指,脸上堆满抑制不住的兴奋与自豪:你可能不知道,东阿阿胶还有这样一段光荣的红色历史!

右手墙壁的展板上,是一张业已变色发黄的旧报纸。仔细辨认,上面登载原国家轻工业部部长徐运北写的一篇文章,标题是《我给毛主席送阿胶》。文章说,1945年中共七大召开前,时任鲁西北区党委民运部长的徐运北作为正式代表,出发时为表达对党中央毛主席的敬意,精心准备了五斤阿胶,一路冒着生命危险,躲过敌人重重盘查,经一年多时间长途跋涉,终于将阿胶带到延安,完成了鲁西党和人民的重托。文章内容、文字都朴实无华,但那种艰苦岁月里党和人民心心相印的真情实感,读来令人感动。另有一件文

物复制品,是1953年中央人民政府办公厅给著名语言学家黎锦熙先生的便函:

> 黎锦熙委员:
>   各兄弟民族敬献毛主席、周总理礼物一批,奉命分送给您。人参果一包,东阿阿胶四块,红参一盒,冰糖一块,麝香两支,贝母一包,虫草半斤,并请查收。
>
>   此致
>   敬礼!
>   中央人民政府办公厅
>   1953年10月3日

信函用毛笔书写,字迹工整,但算不上漂亮,诵读之际,想到的自然不只是东阿阿胶的荣耀,还有那个引人神往的万众一心、奋发图强的年代。

座谈会上,有记者问,这几天的参访留给你最深的印象是什么?我未加思索脱口而答:秦玉峰。

是的,是他。这位身材适中,温文尔雅,言谈举止总透着谦和、自信和蓬勃朝气的掌门人,十年生聚,十年奋斗,以其开阔的视野,全新的观念,渊博的知识,出色的才干,引领一个老字号企业创造了前所未有的辉煌,而今又满怀信心向着世界一流企业迈进。他的文化程度,只是初中。这不能不让人感触纷来,浮想联翩。

才高八斗,不独古人。

四

刘禹锡说:"山不在高,有仙则名。"

袁子才说:"赖有岳于双少保,人间始觉重西湖。"

郁达夫说:"江山也要文人捧,而今堤柳尚姓苏。"

在公司的欢迎会上,秦玉峰致辞:东阿是一座小城,也是一座文学大城。东阿的鱼山,高不过百米,却因一个人,成为古往今来所有文人心目中无比瑰丽的高峰。

他说的是曹植。

太和三年(公元229年),经太皇太后(生母卞氏)求情,曹植被从地瘠民贫的雍丘徙封东阿王。此时他已年届不惑。半生颠踬,身心俱疲。书生意气,消磨殆尽。在东阿这片"田则一州之膏腴,桑则天下之佳地"的土地上,他暂避宦海纷争,搁置功名欲念,度过了一段相对悠闲的时光。一方面,他"心甘田野",与当地民众致力躬耕,发展农桑,从晨兴夜寐的劳作中体悟天理人心;另一方面,东阿辽阔壮美的自然风光与老百姓厚道朴实的地域性格,又给他极大的精神慰藉,使心境变得越发通脱澄明。这些,都体现他在这一时期所写《辨道论》《释疑论》《升天行》《飞龙篇》《驱车篇》《远游篇》等诗文中。

在东阿生活的两年,是他疗治心灵创伤,重新焕发创作激情的两年。

这期间,曹植最常去的地方是鱼山。这是一座远离市缠、景色清幽的山丘,南临黄河,北连阡陌,因形似甲鱼静卧而得名。山不高,但据方志记述,原先也是奇峦异峰,曲径蜿蜒,深林修篁,流泉玲琮,这在苍黄的鲁西北,也算一处难得的游览胜地。在豆萁相煎的明枪暗箭中伤痕累累的曹植,对这样一个可以放浪形骸、寄情山水、浸淫诗书、安妥心灵的地方自是情有独钟,以至史书有"初,植登鱼山,临东阿,喟然有终焉之心"的记载(陈寿《三国志》)另据释世道《法苑珠林》,曹植在鱼山的一大文化贡献,是创制了佛教经诵乐谱《梵呗》:陈思王"尝游鱼山,忽听空中梵天之响,清雅哀婉,其声动心,独听良久,而侍御皆闻。植深感神理,弥悟法应,乃摹其声节,写为梵呗,撰文制音,传为后式。梵声显世始于此焉"。释慧皎《神仙传》也说到"夫梵呗之起,亦肇于陈思"。此后更有学者认为,道教诵经礼赞的"步虚声"也是仿效梵呗,"托始于陈王"。故如同梨园弟子尊唐玄宗李隆基为祖师,各地寺庙道观在举行大型颂祝奏乐之前,据说都是要焚香燃烛,礼拜乐谱首创者曹植祖师的。

在你死我活的政治较量中,心地善良的曹植只能是一个悲剧人物。太和六年(公元232年)二月,朝廷又改封曹植为陈王,将他从东阿迁逐到现今的河南淮阳,不久他便在前途绝望和病体支离中告别人世,时年四十一岁。次年三月,其子曹志依照他生前遗愿,将其骸骨由陈迁至鱼山,依山营穴,封土为墓。

费人猜详的是,此墓何以坐东面西,与常例相悖?是逝者为了遥望邺城故地,缅怀那些"不以贵任为怀,直置清雅自得,常闲步文籍,偃仰琴书,朝览百篇,夕存吐握,使高据擅名之士侍宴于西园,振藻独步之才陪游于东阁"的浪漫岁月,还是为了表明永远弃绝那些不堪回首的政治争斗?至今众说纷纭,莫衷一是。

有案可稽的是,曹植死后,朝廷确曾下诏推倒档案中对他的诬陷不实之词,并念其自少及终,篇籍不离于手,责成有司撰录前后所著赋颂诗铭杂录凡百余篇,副藏内外。但最终的盖棺论定,又是说他一生屡犯错误,须好生反思,故谥号曰"思"。人死了,留这么一条尾巴,这究竟算改正、平反,还是变相凌辱,也是见仁见智,各有别解。

曹植墓自魏太和七年营建,一千七百余年风雨沧桑,损毁严重。现在的陵墓是新中国成立后当地政府和国家有关部门几度拨款修复，列为国家重点文物保护单位。墓园中除神道、墓室外，尚有隋碑亭、子建祠、羊茂台读书处、洗砚池、梵音洞、神女庙遗址、碑林、摩崖石刻等景点，皆相距不远，有小路可通。其中隋碑亭中的《曹植墓神道碑》，立于隋开皇十三年（公元593年），早先曾沉没于黄河，至清初捞出，还置墓侧，建亭保护。同去的文史专家、县文管所原所长刘玉新先生讲解，此碑不仅年代早，为曹植生平留存了较为可信的资料，而且对研究我国汉字书法的演变有独特价值。碑文总计931字，其中篆字41个，余皆隶、楷相杂，通篇看去，又浑然一体，暗合神韵。刘先生讲，在我国书法史上，隋朝是一个承前启后的时期，这通掺杂多体、奇正相生的碑文，正好为这方面的研究提供了难得的实证，康有为先生的《广艺舟双楫》把它列为"能品上"，确是有其道理的。如此说来，作为一名书法爱好者，鄙人能有幸亲睹此碑，尤应感谢秦玉峰总裁的精心安排。

"人才三国数谁良，子建于曹独有光。七步成诗名盖世，千年冢陷骨闻香。"在碑林，诵读这些前人诗作，刘玉新先生情不自禁地感叹，曹植营墓鱼山，是鱼山之幸，也是东阿之幸。要不哪会有这么多中外人士接踵而来，到东阿参观，考察，瞻礼，凭吊！

不错，他所说的，正是我们两天来的共同感触。我想补充的是，正因了这一位文豪、一种圣药为中华文明发展提供的精神与物质滋养，东阿，这个偏处鲁西北一隅的小县，注定要光耀青史，名重天下。

原文刊于《海燕》文学月刊2017年10月号

（王巨才，中国散文学会会长，中国作协党组原副书记、中国作家书画院院长，曾任中共延安地委副书记，延安行政公署专员，中共陕西省委常委、宣传部长，1995年以后任中国作家协会党组副书记、书记处书记、主席团委员。）

散 文

大地客至·冬至

刘学刚

  大地有二十四位尊贵的客人。就像《巴黎圣母院》里的那个善良的敲钟人,他们对天象和器物的光芒有着清晰的时间刻度,他们从不爽约,信守着对大地的承诺。就像麦子长披针形的互生的叶子,这些客人都有各自的天空的高度,决不复制前者的气息,却又一脉相承,和融共生。每一位客人的到来,都是人间的节日,明亮而饱满。蓬荜生辉、流金溢彩、花团锦簇,对于他们来说,这些好词恰如其分。这就是二十四节气。
  "我独期盼冬至,一位叫冬的客人来了,我就去掘慈姑,给他做米饭焖慈姑吃,饭熟,菜也熟,一个懒惰的厨人,很想尝一尝慈姑的滋味。"在我的这篇《慈姑》的结尾,冬至是我生命里必然到来的一位贵人。这种焦灼而甜蜜的等待,我想,迅哥儿懂得,少年的他日日盼望新年,盼望心里藏着无穷无尽的稀奇事的闰土。
  慈姑生长在故乡的洪沟河的浅水里,春天生戟形的三尖叶,夏天开银白的四瓣花,霜降时节茎叶枯黄,地下的球茎悄然成熟,冬至时节粉嫩滑润,爆炒、红烧、煮汤均可。在我的故乡,冬至的到来是一年一度的大事。冬至大如年,旧时谓之冬节、交冬、亚岁。每家每户都要包饺子或馄饨吃。如果没有吃上饺子,这一年的冬至等于没过。哪怕生活拮据,也要磕打磕打笸箩面瓮等家什,寻一些地瓜面,擀面皮包水饺吃,馅料是白菜叶萝卜缨,以一大锅咕嘟咕嘟的热气为乐。多年之后,读孟元老《东京梦华录》:"十一月冬至。京师最重此节,虽至贫者,一年之间,积累假借,至此日更易新衣,备办饮食,享祀先祖。官放关扑,庆祝往来,一如年节。"看着看着,我的眼窝子发浅,浅得兜不住眼泪了。孟元老,这位漂在南宋的北宋人,多像我失散多年的兄弟,突然在异乡寒冷的街头相逢,嘴里不停地呵着热气,眼泪汪汪地说着童年旧事,冬天的风从我们中间鱼贯而过,把我们的思绪扯得很远很远。

我的一生是从故乡春天的某个节气开始的,如今进入洁净晴朗的秋天。我怀念酷暑里的热血青春,期待拥有冬日的安静与沉思。冬至是一个安静之节。《后汉书》:"冬至前后,君子安身静体,百官绝事,不听政,择吉辰而后省事。"每一个新的节气的到来,我都把自己放逐出去,放逐到某个安静的村庄,以及敞亮的田野。这些年,我去的多是一些郊区的农村,即使是同一个村庄,我也选择不同的道路进入,仔细辨认每一个节气的独特表情,还有农民的积极应对。高高的房屋推倒时长长的叹息,青青的禾苗折断时低低的啜泣,这一切都是表象。村庄何去何从,节气习俗等传统文化如何落地,如何把顺应自然节律结出的健康果实呈现给大家看。这一切唯有行走才能接近,唯有接近才能思索生活的种种可能性。

在国道南面的那个村庄,完全符合我们对宜居宜乐理想村庄的想象。房屋成排成行,高门楼,一律的青砖红瓦,红砖点缀的青石道贯穿其间,青石道两侧栽有笔直的柿子树,树枝上挑着几颗红红的冻柿子。状似磨盘的大红柿照亮秋天的时候,我来过,偌大的村庄空荡荡的,麻雀们叽叽喳喳地叫着,在柿树上飞来飞去。就像我每次离开故乡都要五步一回望那样，一位老婆婆突然出现在我的回望中，出现在树影婆娑的青石道上。她佝偻着身子，像背着一捆柴草那样缓慢地移动着，前倾的身体下面，藏过乳香、啼哭、怀抱、水瓢、玉米、热粥，如今只有一个马扎，伴随着身体晃晃悠悠的。我用相机镜头慢慢拉近，一直拉到令我眼眶发热鼻子发酸的距离，仓皇转身，逃离。

村庄里没有牛羊没有草垛没有垃圾没有违建，有花岗石有绿化树有景观灯有汗蒸房有艾灸馆，却很少有人的身影。村庄努力打扮成城市的样子，日常衣食住行也模仿着城市的生活方式。村庄东面是一处建筑工地，工地的铁皮围墙更像一道紧箍咒，箍紧的是喘息中的村庄。从楼盘广告语看，这里将崛起一座距璀璨不远、离自然更近的高层商住楼。颇有意味的是临时建筑围墙上贴了传统的剪纸年画，做成了一面会说话的围墙，口口声声传统文化。幢幢高楼拔地而起之日，这些剪纸年画将成为一堆建筑垃圾。东面的高楼西面的城市愈加虎视眈眈地盯着这个城中村的饮食起居。

村庄的南面是一条河流，河上是一座新修的水泥桥，桥下的水哗哗向西流着。此处东面是老鼠岭，地势东高西低，水流和村庄向往城市的文化走向是一致的。两岸的杨树掉光了叶子，河水却像是流淌在盛夏的浓绿里，涌动着大团大团暗绿的色块，和城市下水道流出的污水并无二致。在桥上，我站了足足五分钟，打了两个寒战，很应景地想起了古人的冬至诗。"子月生一气，阳景极南端"，冬至一阳生，为节气轮转之始，亦是生命转化之机。兴尽悲来，韦应物转入了对旧事的回望，禁不住泪流满面："已怀时节感，更抱别离酸。"日晷影移，时节易逝，敏感细腻的古人在岁首冬至回顾过往，往往感伤人生的聚散无常，他们从不忧心故乡的山川河流会断绝和大地的关系，和记忆的关系。"白毛浮绿水，红掌拨清波。""水皆缥碧，千丈见底。游鱼细石，直视无碍。""上下天光，一碧万顷；沙鸥翔集，锦鳞游泳。"诸如此类的好句子，在他们看来，描写的其实都是他们的故乡，故乡还以天蓝地净山清水秀的样子在原地等着他们。一个人的被抛弃不是流落他乡,而是故乡面目全非,旧日痕迹荡然无存,到处都是钢筋水泥的丛林。

能够照亮大地的太阳,已经高高地挂在了天空,光芒投射到院墙上,站立的鸡上,颠着屁股儿的小狗上,创造了丰富多姿的阴影。这些大地上短短长长的阴影让我心安。前些日子,雾霾遮蔽了天空的阳光,世界回到了洪荒时期。混沌未分天地乱,茫茫渺渺无人见。速度七十迈的汽车退化成了慢慢蠕动着的蜗牛,高树隐于乡野,高楼隐于城市,无形亦无影,近乎妖。孙大圣的火眼金睛早就看出,这沉沉迷雾,实在是妖气太重。冬至节,天日重现,叫人找回了自己熟悉而亲切的身影,重获生活的安全感和幸福感,这是一件多么美好的事情。冬至无雨一冬晴。冬至天气晴,来年百果生。冬至的晴是季节链条中的重要一环,是百果生长的原初的强大动力。随着太阳在天空中越升越高,树木房屋的阴影越来越长,正午的阳光直射南回归线之时,北方大地上挺立的事物生长出一年中最长的阴影。"天时人事日相催,冬至阳生春又来。刺绣五纹添弱线,吹葭六琯动浮灰。岸容待腊将舒柳,山意冲寒欲放梅。云物不殊乡国异,教儿且覆掌中杯。"冬至到了,白昼渐长,勤劳女工比常日增一线之功;一阳初起,也振奋了堤岸山岭,它们驱赶着寒气,好让柳条轻盈舞蹁跹,好让梅花含笑嫣然开。杜甫,这位农耕时代的伟大诗人有着北方农民的朴实与智慧,他的感官天然为时令而生,为土地而生,他用他的诗歌记录着冬日时节一群积极进取奋发有为的卑微生命,以及大地的原在给予人的稳定的幸福。

"犁田冬至内,一犁比一金。"冬至俗称数九,今天是数九的第一天,白天的最高气温降至5℃,天气不是很冷,但此时山岭上看不见一个犁田的人,偶尔可见一两个人影,进出果园的小屋。村庄距离县城一步之遥,去城里的路特别宽敞,脚上也不沾泥巴,年轻人潮水般拥向城市,村里种地的多是中老年人。种地就是搭上功夫赚口放心粮吃,能收多少就收多少。种地东岭上,悠然见西楼。此种悠闲恬淡来自土地的低产出,种啥收啥,收啥亏啥。土生百宝地出万金的现代版是在耕地在加减运算中被减去,建工厂,盖商埠。

我看见了一个木栅门,山坡上的木栅门,被唐诗宋词反复赞美的木栅门,由横三根竖三根木头拼成,交叉处用铁丝拧紧,看上去有些潦草。木栅门后面是一个三米多长的瓜棚,全是横平竖直的木头,最外面的两根做了木框,瓜棚爬丝瓜、冬瓜、葫芦、吊瓠子、喇叭花,也爬扁豆和青虫。从茎秆的多种多样、叶形的不一而足以及枯黄的深浅度就可看见植物物种的多样性。它在春天就像一个意气风发的少年,在岁月流转中经历了怎样的谷雨处暑寒露霜降,才成为今天这个平静素朴的样子。可是,瓜棚后面的果园小屋倒了,像是被一发炮弹准确击中,粗粗的木梁断为几截,碎裂的砖石像一群搁浅的游鱼,睁着惊恐的眼睛。一个能孕育王维也能成就杜甫的月亮小屋倒了。这样的小屋越拙朴越叫人眼窝发热,是那种"云物不殊乡国异"的东西。如今,瓜棚没有了后面,我想象不出它来年春天的模样。它能够流红涌翠镶金嵌玉,是因为它有一个后面。后面是果农挑水的身影摘叶的身影剪枝的身影,后面是彩蝶蜜蜂舞翩翩的身影,后面是许多生命相亲相爱共度好时光的场景。

苹果树穿上了暖暖的麦草秸,靠近地面的一段树干全涂白了,像是打了绑腿的军人,脚下踩着一层薄薄的干草,沙沙作响。果树显然修剪过了,剪至两三年生枝段,剪口用保温膜裹紧,复以麦草捆绑。问果农,这种修剪方法叫缩剪,对多年生枝段进行短截,能促进剪口附近萌发长势较强的中长枝。又问这块地的去向。果农回答:明年四月果树开花时,你再来吧,闻着比苹果都香。这些矮矮的果树,伸着短而粗的枝段,在泥土里生长,缓慢而坚韧。看着它们果敢沉稳的样子,我忽然想到,摘除了红润的果实,凋落了油绿的树叶,短截了灰褐的枝段,就是为了凸显冰天雪地里的勇士形象。

我知道,我穿过两三个村庄,最想看看冬天的麦苗,这升腾在北方大地上的绿色的火焰,这被太阳的光芒镰刀的光芒汗珠的光芒持续照耀的庄稼。冬至以后,它们进入越冬期。我牵挂它们,就像牵挂那些久不联系的发小:"冬天到,冬天到,天天上学不迟到。"看见麦田,我就有扑上去的冲动,我知道,在麦田里躺一会儿,打两个滚儿,也践踏不了麦苗。小时候,母亲告诉我,麦子怕干怕涝怕虫怕病。北方的农民多把麦子叫成妹子,像称呼自己的亲人。亲人怕什么,怕隔绝怕冷漠怕感情的荒芜。

冬天的土地并不是单调的灰黄。种过红薯的地块偏向红色,裸露的红薯根像一群蚯蚓那样蜿蜒游动着。栽有果树的地块偏向黑色,地上撒了一些焦黑的块状的炕土。麦田更是与众不同,它像田野里的一个大湖,绿波荡漾。湖的颜色有些发暗,有些驳杂,但不混浊。这和季节有关,和勤劳的农民有关。地里撒了不少黑色的山鸡蛋一般大的粪块,还有粉碎的黄色的玉米秸秆。很多文明村不让草垛进村了,焚烧秸秆易导致雾霾,农村劳动力又极度匮乏,聪慧善良的北方农民把玉米高粱等作物的秸秆粉碎还田,培肥地力,提温保墒,促进麦子根系生长。

路上遇见一位中年农民,和他闲聊,他说,在家里待着不是腿疼就是胳膊疼,哪儿都不舒服,到麦地里转一转,身体特舒坦,吃嘛嘛香。

原文刊发于《青年文学》2017 年第 11 期

(刘学刚,中国作协会员,有作品在《诗刊》《天涯》《山花》《散文》《散文选刊》等刊发表。现居山东安丘。)

散文

冬至大如年

马淑敏

印象中每年冬至这天必定是要吃饺子的。母亲说这一天吃过饺子后不会冻坏耳朵。6岁的我站在客厅中央对压住我作业本的写字桌上一盖帘肉饺子颇为不满,大声反驳道:"我吃过饺子在雪地里站一夜也冻不掉耳朵吗?"

吃过晚餐后,哥哥立即过来拖我,要我去雪地里站着,验证一下耳朵是否抗得过寒风和冰雪。我扒住门框大哭,冬至的夜,漆黑如麻,胆小如鼠的我是无论如何都不会兑现自己的诺言的。父亲的一盘冻梨解了围,我含着泪抱着一大个冻梨蜷缩在火炕上边啃边听渐渐浓烈的北风。

北方的冬天寒风吹彻,多少年过去,冬至夜的风还在心里狂躁。

冬至是一年中白昼最短的一天,也是最容易失去脆弱生命的一段时光。一场暴风雪后地面的麻雀和野兔僵硬在某棵松树下,之前它们一定也盼望着大雪能够尽快停息,太阳能够在第二天将温暖还给它们。

干黄脆裂的草儿、枯黄的树叶抵挡不住刺骨的北风,北风在一望无际的旷野中咆哮着卷起阵阵雪风,那还不够,它嗅觉灵敏如饥饿的野兽寻找食物般寻找着目标,热量是它终极的选择,它将一切含有温度的东西视为敌人,包围、攻击直到那些温暖变得冷酷最终和它融为一体。只要遇到有温度的生物,它立刻变为一把把钢针穿透最细微的毛孔,将寒冷一丝一缕灌入血管,渐缓渐慢血液的流动。它们一往直前地顺着血液向前,渐行渐冰,终于到达释放温暖的心脏并将它包围住,冷冻。

"冬至"成为生命分界线。难怪这是中国人确定的第一个节气。人们清楚地意识到冬至的来临意味着什么,敬畏中虔诚地祭拜祈祷,并称颂它"冬至大如年"。

生命于自然、于冬季如此渺小,寒风四起的时节,祖先对它恐惧日渐,于是将冬至作为新年来祭奠。熬过冬至这一天,除了看到越来越长的白天,还意味着新的一年开始,可喜可贺。盛世唐宋帝王们为祝贺苍天让自己度过一个严酷的生命节点,一定要离开皇宫,在北风四起的呼啸中走到郊外,祭拜上苍恩赐给自己的生机。

意识到冬至是储存生命、蕴含生命能量的开始,在寒冷中留住温度才能让生存成为可能。为了留住来自心脏、来自四肢的能量,智慧的祖先便积极寻找抵御寒冬袭击的方式,避免自己很快成为寒冬的猎物。他们烹羊宰牛,想尽一切办法,武装到内脏,用来自心脏的温暖驱赶刺骨寒风的进攻。《后汉书》中有这样的记载:"冬至前后,君子安身静体,百官绝事,不听政,择吉辰而后省事。"

从记事开始,每年冬至前,鲁西平原普通人家便开始忙碌这样一个似年非年,公历上只淡淡标注着"冬至"字样的民间隆重的节日。

冬至清晨,母亲指挥父亲将一只老母鸡杀掉,放血、脱毛、浸泡在冷水中,配上半只羊,经过一个上午的炖焖,香气飘荡出篱笆,黑狗卡利垂涎欲滴地等待我给它偷出来一只鸡翅膀。

父亲一直说女孩吃过翅膀会展翅高飞,天高地广,如他所言,从 16 岁开始,我再没有在他身边、在家乡停留过片刻。那时他不知道多年来奖励给我的翅膀中一半是卡利的美餐,我曾经希望卡利能够一直陪着我飞或走,可惜它吃过多只美味的翅膀后在一个漫天飘雪的夜晚被人用猎枪打碎了头颅。卡利的身体被雪花半掩着,无论我怎么推,它都没有站起来。它四肢僵硬如房檐下垂着的冰凌,破碎的头颅流出的血染红了身子下面的白雪。

我在大哭中看着父亲最终将它变成一锅肉被邻居分食。卡利的皮被钉在门口不远处的墙上。失去温度和骨肉的卡利每天趴在墙上用一只破碎的眼睛看着我的出出进进,他黝黑的毛在北风吹拂中渐渐暗淡,失去了光泽。

那是我第一次知道,寒冷的冬天除了萧瑟的北风和美味的冬至,还有无法选择的生命离开躯体的方式和永远的失去。那种失去,痛彻心扉,将童年的快乐和简单席卷而空。

我一直痛恨哥哥啃掉卡利的一只腿,看见他就掉转头。也许是为了惩罚我对他的蔑视,在我 7 岁冬至时,趁着母亲和父亲忙碌着羊汤,他告诉我如果我够勇敢,舔一下大门上的铁门鼻子,一整个冬天都带我去很远的西河溜冰、滑雪。

我号叫的哭声引来母亲和父亲,张着的血淋淋的嘴巴最终吓跑了哥哥,零下 20 摄氏度的铁块撕去我舌头整层血肉。那个冬天我只能吃冷的食物,任何有温度的食物都引来我撕心裂肺的、惨痛的哀号。

为了让我活下去,父亲眼角含着一滴泪,按照家乡的习惯买来一些驴皮,母亲搅碎了熬了两天变成一锅坚硬的肉皮冻,靠着这些透明的肉皮冻,我终于顽强地活下来。父亲母亲像对不起我一样,从此每年冬至时节母亲便开始用一锅肉冻补养我过早经历的皮肉之苦。

受益于冬至的滋补,我极少生病,在离开所有呵护的时光里一个人艰难经历生活的种种磨砺,身体的健壮是唯一的本钱。

离开家乡的日子,每一个冬至到来,漫天雪花的夜里,在温暖的窗前,轻啜一杯红茶,思念浓烈地隔着玻璃敲打心中最脆弱的情感。我开始想念,想念茫茫白雪覆盖的黑土地,想念母亲亲手包的皮如细细蕾丝裙边的饺子,饺子一层层对着放便是一朵朵盛开的花儿,在氤氲的暖气房中饱满地绽放。

父亲是再不能给我熬驴皮冻了,他沉睡在高高的小兴安岭白桦林间,坦然地遥望着家乡山东东阿。

在他去世的最初三年,我拒绝承认他已离开,偶有同事问起,我很平静地说,他出院了,在家养着呢。我甚至再没有梦见过他,直到他走的第五年的冬至之夜,夜半,我一个人走在灯火辉煌的朝阳路上,漫天雪花突如其来,将夜归的孤独变得凄冷。北京八里庄天桥上,一位老人抱着几只糖葫芦与女儿相拥着踟蹰而行,他们轻简的笑声被风迅速从我身边卷走。望着他们依偎的背影,我突然放声痛哭,眼泪与雪花一道将心冻得通透。是的,他,永远都不会再气愤地指责或者抱着一怀糖葫芦在绿皮车外等我,就算我再断一根肋骨都不可能。

他走前,我对他的仇恨触目惊心,那仇恨就像冬至用冰盖起的大厦,彼此看得清清楚楚,却无法触摸到对方的温度。我断掉的那根肋骨成为我和他终生无法推开的门,在岁月的磨砺中那把锁已锈死。

我没有给他解释的机会,16岁的傲慢和愤怒毁灭不了地球却可以让一个家从此天翻地覆。在我心底,那个18岁的男孩不过和我八卦聊天,他何以激愤到用一根肋骨作为我笑的代价,我不懂,更不想原谅。

那天我望着他,他平静地躺在一张窄窄的床上,脖子下枕着一只可笑又丑陋的公鸡,深蓝色,棉布做的。两个男人按着我的胳膊强迫我对着他跪下来,我愤怒之极,大吼着:你不是不许人碰我吗?你为什么不起来打断他们的手?

他平静地躺着,任人将我拖出空荡荡的房间,扔进绿皮车厢。我没有一滴泪给他,我相信他亦不需要。

从那个房间出来,此后所有的日子,只要看见深蓝色棉布,一股热流会顺着胃倒流回嗓子，那是忍也忍不住的干呕。

母亲的小心翼翼被我挡在电话听筒前，结结实实，一道坚固的冰墙。能够流浪的从来不是身体，是一颗无处安放的心。

漂泊中，我差不多已经忘记了那个叫作"故乡"的地方。偶尔，她用最特殊的方式提醒我她依然存在，是嗓子。就算我背道而驰走到中国最南端，也阻止不了这份提醒。

稍硬一点的面饼、薯条，甚至瓜子、石榴籽都能让鲜血顺着曾经的伤疤滚滚而至，在那份疼痛里，冬至和故乡总是不期而至。伤口修复的时间里，只有冰牛奶和驴皮冻是活命的依靠。冰牛奶容易得，而驴皮冻却再不是曾经的那个味道，吞咽的艰难中满目漫天白雪，却无人再为我拂去雪花。

无论他当时如何害怕失去女儿，最终却因为他的呵护无法去庇护；我不仅将他拦截的手臂撕咬得鲜血淋漓，更拼尽气力逃离，逃离到他无法企及的距离之外。

我的决绝令他走后的这些年，冬至离我越来越远，其实不止被称为"大如年"的冬至，就连鲁西的雪花儿也是飘落即溶的浅淡，再找不回大雪封门的期待。

窗外北风萧萧，2017年冬至抬手可触。天空中，浓密的阴郁正慢慢低下来，低下来，变成褐色液体钻进小小的咖啡杯，钻进厚厚的白色奶泡下；啜一口，像吻着一个个过往的日子，沉重、艰辛，却依然有香甜的回忆静静浮在苦涩上面。

一滴泪落入咖啡，雪花正推开乌云义无反顾地飞向地面，一重重，一重重。一个念头冒出来，经久不息：冬至，回家，去吃一盘母亲包好多年等待下锅的饺子；去亲口告诉他，我的肋骨长好了，很结实。

原文刊载于《青年文学》2017年第11期，入选《散文·海外版》2018年第2期

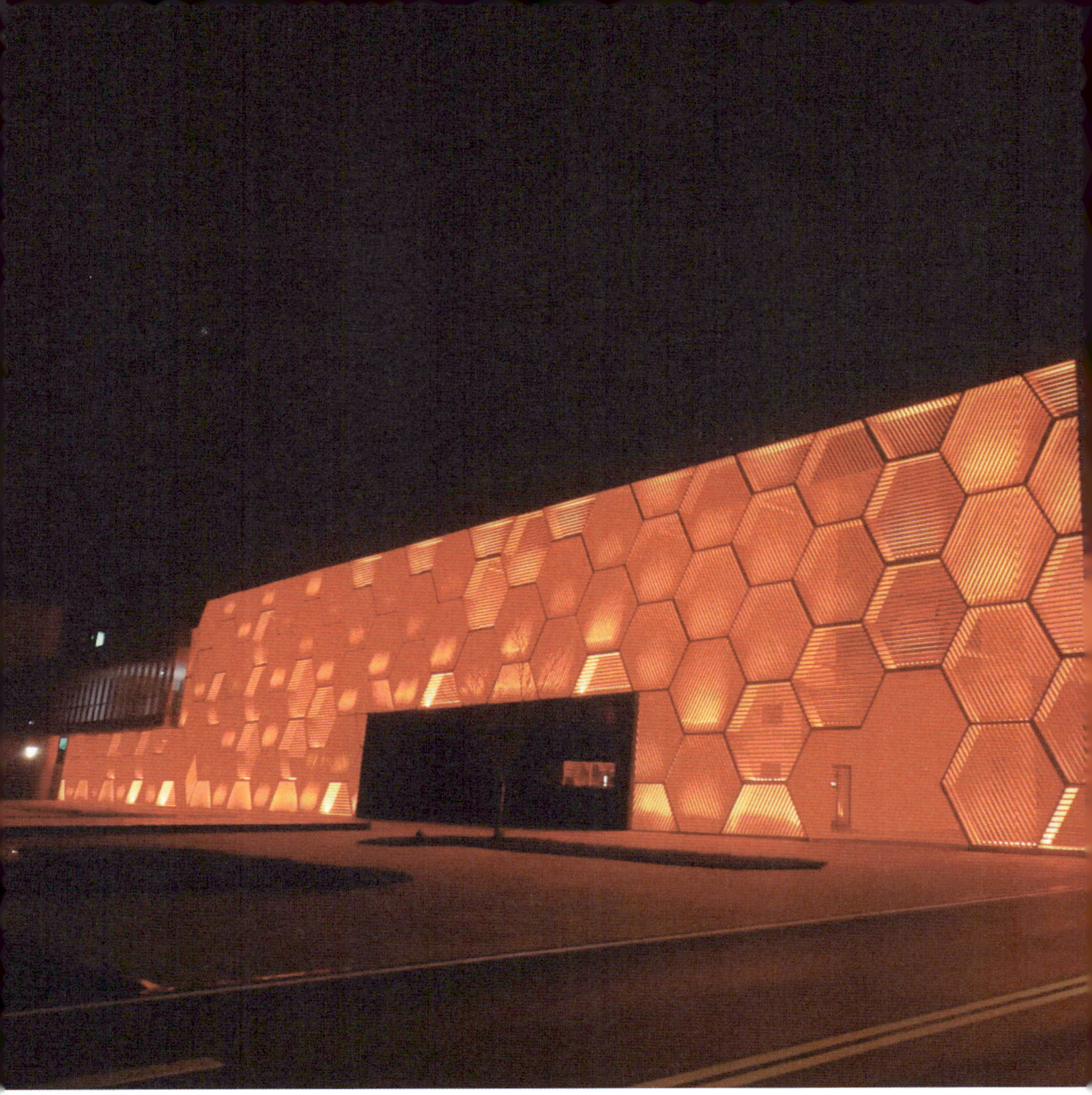

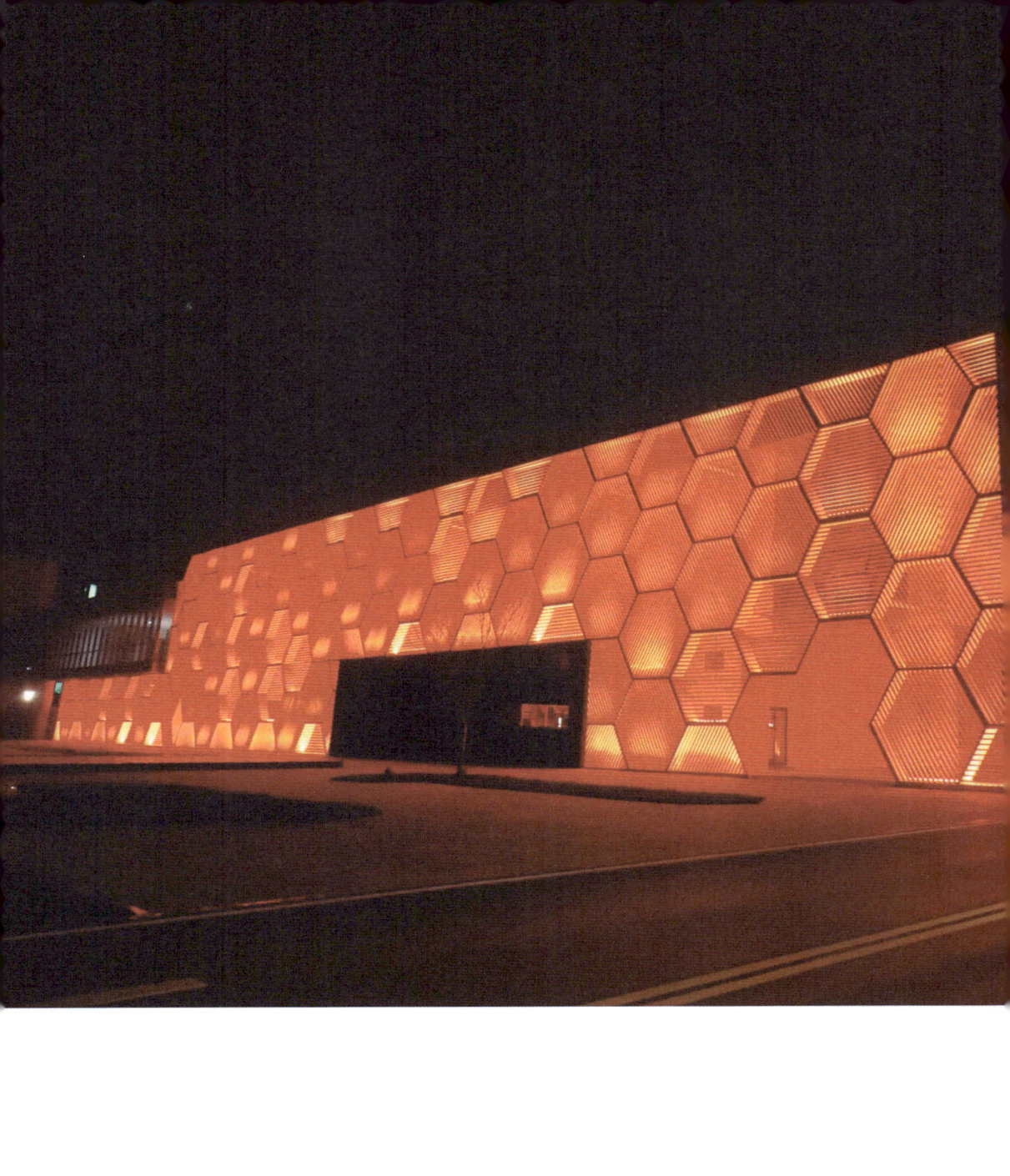

阿胶世界的动与静

你漂洋过海，依然貌美如花

叶梅

中秋月圆之时，坐在温哥华的海边，只见月儿的银辉在太平洋的海面上闪动，风吹过，不知今夕何年。心中似有一位美丽的姑娘从远走近，我叫她阿姣，阿姣自中国漂洋过海来此，身穿绣花长裙，是汉唐或更早年代的款式，又似乎正是当下的时尚，宽大的裙摆扇起一股馨香。可以想象这女子站在船头，蓝天白云在她身后，她飘洋过海，把中国的神奇意味带到了西方。

我在明月下凝视她的面容，她抿嘴而笑，无尽的奇妙、穿越时光的沧桑都在她含蓄娇美的笑意里。阿姣是一位美人，也是一种念想，她在我的想象中鲜活浮现，是因为白天行走在唐人街上的怦然心动。

在那里，我看到了东阿阿胶。

温哥华唐人街位于市中心商业区，是北美洲继旧金山唐人街之后面积最大的华埠，也是北美最繁华漂亮的唐人街，已有百年历史。从温哥华市中心林立的商铺走过，不远处便可见到那座高大的中国式牌坊，上方写着"千禧门",另一面又写着"继往开来",沉稳雄健的汉字,在大洋彼岸的阳光下熠熠生辉。这唐人街的房屋、灯柱均以喜庆的红色为主色调,街道两侧有各种风味的中餐厅,还有肉铺鱼店、海味干货店、杂货店,中国的陶器茶叶、刺绣宝石在这里尽可搜罗。走着突然闻到一阵药香,却是一家中医药房,一位穿紫衣的男子正用一杆小秤抓药,人参鹿茸,当归白术……我跨进门去,一眼就看见那红底黑字的东阿阿胶,心中顿时升起一股暖流。

本来在小雨中走过这陌生的街道,有一种莫名的彷徨,不想竟如他乡遇故知,在加拿大的温哥华见到我故乡东阿的瑰宝,一瞬间如见到了熟悉的亲人,感到一种格外的欣喜。阿胶应当是有灵性的,她在我心中化为一个美丽的、有情感的人儿,我叫她阿姣。

东阿阿胶的确是齐鲁大地上的奇葩,也是人与自然的携手之作,浸透了三千年来传递而进的心血。古老的《神农本草经》中早已有记载,称其"久服,轻身益气",与人参、鹿茸并称"滋补三宝",自汉唐至明清则一直为皇家贡品,历代《本草》皆将其列作"上品",誉为"圣药"。千年中医验证及现代科学检测证实,东阿阿胶具有补血养血、滋阴润燥、提高免疫力、美容养颜等多重功效,系中医滋补养生首选之品。近年来,中医药,针灸经络疗法体现出的天人合一,人与自然的和谐联系,不断被加以新的认识,东阿阿胶也不例外。

要说阿胶有百般妙处,最为奇妙的是扶元固本。三国时期的诗人曹植曾在《飞龙篇》中赞美阿胶:"授我仙药,神皇所造。教我服食,还精补脑。寿同金石,永世难老。"自幼颖慧的曹植年10岁,便诵读诗、文、辞赋数十万言,出言为论,下笔成章,父亲曹操在诸子中认为他"最可定大事",几次想要立他为继承人,然而曹植命运多舛,终究未能继位,反倒从一个过惯优游宴乐生活的贵公子,成为处处受到挤压的失意之人。初来东阿的曹植身心憔悴,是阿胶让他有了生气,他取城中甘甜之井水,以神皇所造之良方再行精心配制,滋养补足了阳气。他在东阿的旷野里行走如飞,仿佛又恢复了最初的雄心勃勃,他要兴水利,种良田,改吏治,废贪腐,虽然一腔书生意气最终并未得以完全实施,但那阿胶为他心上之珍品,常年之伴侣,使他黯淡的生命有了光泽。"转眄流精,光润玉颜。含辞未吐,气若幽兰。华容婀娜,令我忘餐",曹植的诗文成为建安文学之集大成者,粲溢千古,卓尔不群,阿胶有幸得子建的赏识,犹如才子识佳人也。

丁酉年春,我回到东阿,参观了东阿阿胶园,感佩于古老的阿胶奇颜焕发。中医药与中国哲学的深厚联系及丰富内涵得以深度开掘,制作工艺更是将传统与现代科技进行了巧妙结合,东阿人可谓殚精竭虑,阿胶不仅坚守了一个古老的符号,也照亮了一道耐人追寻的现代风尚。

阿胶世界的透明工厂女工工作中

序　文

　　恰是从东阿阿胶总裁秦玉峰那里得知："中医药是外国人认识中华文化的最好载体,而阿胶因其安全有效传承三千年,其独特的疗效和药食同源属性,在海外市场备受青睐。"在中国政府多次主办的"中国国际健康产品展览会"上,东阿阿胶、同仁堂等知名中药企业曾获得"中医药国际化推进十强领军企业"殊荣,丰富的阿胶产品吸引了不少海外客商,也受到众多海外人士的喜爱。

　　有一桩东阿人难忘的经历,那是 2012 年初,日本厚生劳动省指定检测机构对东阿阿胶出口日本的阿胶原粉进行了苛刻的检测,好心的人们无不担心,但检测结果却显示,包括农药残留、兽药残留、重金属、细菌等 842 项检测项目均为零检出。这个结果让人们欣喜交加,但并不让东阿人惊奇,因为他们心中对这一切早有自信。而在印尼市场,阿胶产品的疗效得到当地医生和患者的一致认可,复方阿胶浆成为印尼治疗登革热的首个特效中成药。不久之后,东阿阿胶又获得韩国食品药品监督管理局（KFDA）批准,可作为食品在韩国进行销售,这使得阿胶不仅在之前进入韩国医院,还一举进入了韩国保健食品领域。

　　东阿阿胶开发出的各种阿胶新产品一步步走向世界。

　　人们说,早在五千年前,我国第一部医书《黄帝内经》中就有"圣人不治已病治未病",当代人对健康和养生有了很多反复比较的心得,发现一个人的生命状态是向长寿方向,还是向疾病方向,是由人体内外正邪强弱的平衡而决定的。东阿阿胶最重要的功效恰恰在于扶元固本,是平衡人体内外的正能量,近年来东阿人从产品制造者进一步转为健康方案的提供者,面向广阔的世界,深耕海外市场,一步步推动着中药国际化,造福于人类。

　　中国为世界扶元固本。

　　1915 年,阿胶获得巴拿马万国博览会金奖,她从那时便在国际舞台上光彩夺目。在那之前,第一批中国人于 1788 年在温哥华岛西海岸登陆,他们中间多是木匠，会做家具、造房子，还有造船，一位英国的皮草商人，招募来这些华人帮他建筑堡垒要塞，并造成一艘40顿重的双桅帆船，帆船建成后称为"西北亚美利加号"，1788年9月20日正式行下水礼，这是温哥华岛的第一艘欧洲帆船。

在温哥华博物馆里，能见到华人抵达北美卑诗省之后的生活场景，他们当年做饭的锅灶，坐过的轮船，使过的桌椅、电话，他们聚居于温哥华岛维多利亚堡，与当地人一道开发建设这座太平洋上的绿岛。之后又有一万五千名华工登陆，在卑诗省洛机山区的荒野里修筑铁路，他们承担了最危险的劳动，坐在竹篮里从山腰吊下，凿出石洞，再以炸药开辟隧道。后来人们说：加拿大的太平洋铁路，每一英里埋葬了4名华工先民。

历史的机缘总是给那些杰出的人留下位置。海外华人的百年奋斗在大洋彼岸生根开花，而在这百年间，中国的东阿阿胶扛起大旗，将凝炼千年的技艺打磨为现代科技下精致的国之瑰宝，她的美妙出自对人的悉心呵护，她以人为本，扶正去邪，她出现在海外的各个地方，是前世所定，今生有约。

这个枫叶渐红的秋季，我站在温哥华的海滩边，遥想造船的华人，修路的华工，还有东阿阿胶人，他们散发着中华民族感人的神韵，追求梦想，生生不息，不断进取。是的，东阿阿胶——我将你当作甜美端庄的阿姣，你飘洋过海，依然貌美如花，传递着和平，把吉祥带入了地球村的万户千家。

原文刊发于《青年文学》2017年第12期

（叶梅，中国作协主席团委员、中国少数民族作家学会常务副会长、中国散文学会副会长、中国国际笔会中心副会长。中国作家协会第九届全国委员会委员。曾担任茅盾文学奖、鲁迅文学奖、全国少数民族文学骏马奖、中宣部"五个一工程"奖等评委。）

散 文

老字号

侯磊

一

我在山东东阿去参观阿胶的生产，在养殖场里手持一尺长的胡萝卜喂那头可爱的黑驴王子，我一边逗它，一边想起从前的事。小时候随父亲在郊区走夜路，四下里黑灯瞎火，我摸着前面一片热乎乎、软乎乎的东西，好像是一面墙变软了。我疑心自己学会了穿墙术，待往旁边一转，绕过去才看到，原来是头大驴子的屁股！幸好，那驴子睡熟了，它没尥蹶子踢我。

这便是最普通的驴子。当驴子和字号凑到一起时，便有了阿胶。

二

而想起那些过去的字号，多少有些心酸。

想当年，北京城里东单西四鼓楼前，前门王府井大栅栏，外加天桥菜市口花儿市，更有那一条条的旧货街、皮货街、绣花街、木器街、干鲜果子街，玉器街、灯笼街、图书文化街……那么多鳞次栉比的老字号，排列出一部敢比《东京梦华录》的北京版来。沿着街㧱，挨着家逛，吃吧，买吧，玩吧，可着劲儿地造（造：浪费、花费）吧……一辈子也说不尽哪！

字号是有生命的，给它们命的是血汗，要它们命的是历史，要活命，先用血肉长城抵住社会。美国人多少代都喝可口可乐，可乐能多少年不走样，美国本土又不打仗，这字号如同铁打的。可中国不行啊，站在北京前门大街四下里望，字号一家挤着一家，义和团一把火点了老德记洋货铺，火烧连营，全蜡炬成灰了。

若论中国现在的老字号有上千家，盈利的不过十之二三。如同被义和团一把火点了一样，老字号旋风般地退场。现代化生活，也就个别厌恶快餐并怀抱旧式光阴的人，才想着今天是什么场合，到"八大楼""八大居""八大堂"之类的饭馆点哪个菜。还想着逢年过节，给亲戚提拉一稻香村的点心匣子。单就穿衣，也绝少有去瑞蚨祥谦祥益买布现做，也不在家穿千层底，冬天也没人穿毛窝（棉鞋）。不舒服了去医院，不会去同仁堂找坐堂大夫。能用资生堂，就不用蛤蜊油雪花膏。洋字号代替了中华字号，洋货代替了国货，想起常四爷的话："咱们一个人身上有多少洋玩艺儿啊！老刘，就看你身上吧：洋鼻烟，洋表，洋鞋大衫，洋布裤褂……"（见老舍话剧《茶馆》第一幕）

我对老字号是留恋的，不论是逛老街还是看老照片，我喜欢看那些字号，看字号上的幌子和广告语。

每种行业都有幌子，幌子也叫招幌。《清明上河图》里就有幌子。民国时有个洋摄影家叫甘博，他狠狠地拍了一通前门大街，能看到许多老式幌子。最近见到街面儿上保存的老式幌子是在安阳老城区，一家过去的药铺，现在已成民居。现在幌子照旧，理发馆是用圆筒的三色转灯，东来顺还是用火锅，而茶叶铺吴裕泰,立了个抹茶冰激凌道具当幌子。

每种行业都有过去的广告语。那种用词不上书本,只相当于民间俗语。典雅,内敛,模拟对联或四六句,它化自古人的思维方式。现代人能模拟文言,但难模仿过去字号的习惯用语。《尚书》之所以难懂,也是用了上古时期的口语。

那些广告语连带字号名,都是用书法字体雕刻在砖石上的,也不乏民国书法家的字体。旧京有位书法家叫张伯英,前门外的字号,大半出自他手。而天津是则是华世奎。

词都是这样写的。比如一家药铺,在一间门面的上部有女儿墙,从右往左分别是:自办各省,地道药材,照□批发。下一排,右起是泉香桥井;左起是春满杏林;中间是字号:同□堂(看不清)。

又有一家杂货店。上下联:各种槟榔加工改造适口精良　奇品名烟批发各省与众不同。横批:槟榔　批发

又一家叫福兴居的饭馆,来得干净利落:福兴居饭庄包办南北酒席内设旅馆。

那个饭字写的是"飰",用了个很少见的异体字。

兴华园浴池,上下联:难比趵突敢比趵突　不是华清胜是华清。横批:洁净盆塘。

如今不少词都被铲掉或抹平了。当一个字号,手艺不是原来的,经营不是原来的,氛围更不是原来的,那也无从谈承传了。

我看阿胶也许是世界上最好的买卖,用巨大的金属罐密封熬胶(过去也是用锅熬制,用棍子慢慢搅拌),晾凉了切成"山楂片"来卖。没法统计阿胶多送人还是自己用,反正放在锦盒里,拿得出手。

东阿能有个现代化的字号,一直兴旺着,难得。

三

自家称呼自家的字号，习惯叫"柜上"。我想起很多柜上的故事，也有些其他字号的故事。

夏天我去过一趟福建，确切说是闽西，有个地方叫永定，土特产是土楼。从土楼群中钻出来，我们来到一个小村，村里的文物叫虎豹别墅，是胡文虎、胡文豹家族的产业。

胡文虎这个人，是与陈嘉庚并称的大慈善家，听名字就很江湖气。他出身江湖郎中家庭，文化不高，却混迹江湖，仗义疏财。他有个残疾兄弟叫胡文豹，兄弟感情颇深，他一直照顾兄弟，一向是虎豹并称。他开创的品牌是万金油、八卦丹等，在民国时畅销一时，什么都治。万金油成了一个词，现在还在使用。他们1920年就进军新闻业，在南洋一带有四十家报纸，缅甸的《仰光日报》，香港的《星岛日报》等，都是胡家的产业。

论规模，北京没几个字号能比得上。但就多少年前，胡家的产业传到女儿胡仙手里，破产了。

胡家1949年后没留在大陆，而是下了南洋。大陆的万金油渐渐被清凉油所代替。他们新产品开发得不够好，卖万金油还能衍生出什么东西呢？顶多是跌打损伤膏。报业经营得不顺，倒也还上了市。倒霉的是二十世纪八十年代胡家搞了房地产，1997年又经历了亚洲金融危机，这是个很惨的破产故事。

同样是医药，还有个相对小成，一时爆款的东西：北京长春堂的避瘟散。

民国时日本的避暑药仁丹一时流行。仁丹的包装上是个留着日本胡子的男人（有个词叫仁丹胡）。那正是人们在心里抵制日货，但表面上不得不用的阶段。北京长春堂的老板孙崇善（人称孙老道）抓住时机，顶着仁丹发

东阿阿胶城中老字号的广告画

东阿能有个现代化的字号,一直兴旺着,难得。

明了避瘟散，避瘟散的包装是个打坐的年长道士，张老道自然也是火居道士。避瘟散本着能治闹过一时的虎烈拉（霍乱），也本着民族情绪，这产品在民国时风行一时。后来便完成使命，退出舞台了。

发家的字号各有各的不同，但败家的字号多有相似，多是家庭内部纷争，出了败家子，要么遭遇战乱、供应链的断绝或资金短缺。每家字号的故事都是一部败家史。一言以蔽之，经营不善罢了。

但字号败亡，是有隐藏的原因。

四

老字号的制度与现在不一样，它是伙东制和学徒制的混合体，浸透了中国家庭伦理。

伙东制是东家出钱，请一位山西人当掌柜的，也便是现在的职业经理人或CEO。旧京山西人善于经营，多是请他们来做，更多的是似我家这般一体的。这制度讲的是规矩、人情和伦理，没有严格的考察。等于一家企业里没有董事会和监事会，没有对所有人的量化考核与监督，也没分清大掌柜与东家——CEO和股东的职权关系。东家没分家时，整个大家庭都靠这个买卖来吃饭，全家的钱便是柜上的钱。干活分钱时，便不易区分，这是传统的大锅饭，很容易滋养败家子，更有扯不干净的近亲繁殖和家族矛盾。

旧式的字号不介意任人唯亲，都是自家的买卖，肯定要首选用亲友，用信得过的人，雇伙计也要找铺保。一家字号经营的成败，一半以上倒要看这家几房之间的亲戚关系。企业与家族不分，事业与家庭不分，事业败亡了，家族也跟着分崩离析。

另一个制度是学徒制。字号里干活，用不着上学，多是十几岁跟着学徒三年,三年中学手艺后便出徒,但多是留在柜上继续当伙计,一直干到老。这样二十年下来,即便是个伙计,也能在乡下买房子置地了。

作为一家字号的伙计,在过去并不容易。伙计肯定会为字号服务一生(也不会干别的)。当学徒的时候,多是受难受气的三年,多是伺候师傅一家,受尽了委屈。老舍先生的小说《我这一辈子》中,当巡警的主人公是裱糊匠学徒出身,开头几章写尽了学徒之苦。"能挺过这么三年,顶倔强的人也得软了,顶软和的人也得赢了……一个学徒的脾气不是天生带来的,而是被板子打出来的。"我由此十分佩服老舍先生,他不是学徒的,这点事能讲得清楚。但作为东家,徒弟太老实笨得要死,太聪明肯定会干活偷手,保不齐卷铺盖跳槽。唉,东家也没有余粮啊。

我的祖父念了几年私塾,念至12岁,在前门外的鼎仁当铺(这个字号名得家里的说法,并未考证)学徒三年,学成了便回来干自家的买卖,跟着曾祖学习照相。问家里人,为什么去当铺?答曰:当铺吃得好,不挨打,条件在各种铺子中算好的。

老字号的衰落,我想以京城的饭馆做例子。哪代人都得吃饭,这例子最不受时代影响。我们都长着中国胃,厨具再现代化,做饭也得靠人的手艺和火候。

那场集中于20世纪90年代的衰落,仿佛是字号们集体在开闸放水,打那时起饭馆便越来越不是味儿了。

一是原材料的枯竭。很多山珍是没有了,海味也不如当年。肉制品开始了机械化的养殖,肉鸡四十二天出笼,跟人直接吃饲料差不多。温室大棚为我们提供了太多反季节的、化肥催出来的蔬菜瓜果,没营养,还不好吃。

这令我想起巴尔扎克的长篇小说《驴皮记》来。一个古董商给了男主一张神奇的驴子皮,那驴子皮跟阿拉丁神灯一样能实现任何愿望,但实现后驴子皮会缩小,男主的寿数也随之缩短。男主随口就说要当百万富翁,发财了,也眼睁睁看着驴子皮缩小。巴尔扎克讲的是,公司上市的同时,别忘了看看你还剩多少驴子皮。

二是经营模式的落后。落后的经营方法会弄得土不土,洋不洋,新派和老派都不待见,难以迎合年轻人,也无法融入生活。

过去北京人的生活,是与字号绑定在一起的。北京人习惯请客或收徒弟,去鸿宾楼;做买卖开张去东兴楼;考试中了去泰丰楼(在南方可去状元楼);而有好事了,去致美斋;纯属聚会雅集,来同春园或同和居……去哪个饭馆,请谁,吃什么,与人的生活绑在一起。"头顶马聚源(帽子),脚踩内联升(鞋),身穿八大祥(八家大绸缎庄,都是山东孟氏家族经营),腰缠四大恒(指四家银号的银票)"。过去的生活,不能不用老字号,现在模式都变了,老字号用不用,不吃劲了。

这一轮老字号的解绑,会换做新一轮绑得更紧的洋字号。护肤品是兰蔻和雅诗兰黛,家居是宜家,吃饭是肯德基与金拱门,穿运动鞋要耐克或彪马,衬衫要托米和阿玛尼,而太阳镜都要雷朋。西洋字号不题匾额也不写对联,生生地少了文人的财路。为了这些西洋老字号,中国人活得多累啊——千辛万苦攒足几年的钱,千方百计找出国的机会,在国外血拼再背回来,以节约点挑费(开销),还一美差似的。那所谓的奢侈品,就为了个牌子。我们的字号,兴旺的恐怕只剩下链家了。

原先的老字号消费的群体很稳定,稳定到能不用现金,多是在年中、年关时才结账,体现的叫品牌忠诚度。熟识的买卖人,谈事多是君子协定,不必签合同,完全靠口头。一说就这么定了,就这么执行,现代社会不一样。过去是人情社会,是一个道德社会,现代是契约社会。契约可以撕毁,但道德与人情不能违背,就像中国的礼教。

老字号最终面对的,是社会和消费者的变化。以前阿胶是有钱人用的,而现在普通人也用得起。过去人活得好好的不会送人参,都是人落了炕快不行了,送上人参熬汤,再硬撑一段。不像现在有了西洋参,没事嘴里含着。阿胶也是过去没有炼乳和巧克力,生孩子的妇人为了补营养才用的。如今北京的字号,除了同仁堂和稻香村,几乎都退化了。东阿阿胶,要想着把阿胶卖给劳工,卖给不信中医的,再卖给联合国,让好东西恩济所有的地球人。

中国绝不是字号产品不如人,而是经营理念、企业文化赶不上时代。国货不重包装更不重审美,要知道,普通人买个拿得出手的东西,不是为了自己,多是为了装点给别人看的,更多是为了送礼,或作情侣之间的点缀。马应龙,作为痔疮药被美国人捧为了圣物。马应龙是研制药膏的,做的眼药和痔疮药都极为好用。就这一点,相信中国字号能卖,要看我们怎样经营。

五

我们侯家经营过仨字号:德容、爱翠楼、松竹林,一个照相馆俩酒楼,又在一些字号里有点股份。可不到一年里,伯祖父和曾祖父先后殡天,家里没多久就卖了三进的小院,从南锣鼓巷的黑芝麻胡同,搬到我现在居住的北新桥,这是1951年4月份的事了。原因是欠的债还不上,家里没人挑大梁。待我出生时,家已穷得窗纸都糊不起了。这仨字号干了起码有四十年,公私合营也有六十年了。我总是在脑补祖父、曾祖父、叔伯祖父们如何辛苦地管事,他们上上下下地忙碌着,而伙计们却在各种偷懒,最后都跑光了。我不忘家中的字号,它们养育了祖先也养育了我,否则我不会被生到这个世界上。我日日夜夜地想,为什么我家的字号没了,而香奈儿和东阿阿胶还活着?

我想念家中的字号，我不知怎么弄得兴旺，但知道它们是怎么完败的。我希望每家字号都不要穷得跟孙子似的。

愿所有的字号都幸福。

原文刊发于《青年文学》2017年第12期

（侯磊，青年作家、诗人、昆曲曲友，中国文物学会会员，北京史地民俗学会会员。著有长篇小说《还阳》，小说集《冰下的人》《觉岸》《燕都怪谈》，诗集《白鹅的羽毛》等，文史随笔集《唐诗中的大唐》《宋词中的大宋》《三生有性》等。）

散 文

问水

耿立

许多学者认为,中国的文化在近代被毁容了,无论修齐治平,道德伦理,还是中医与养生。

西方的坚船利炮和文化强势使古老的中国文化一败涂地并开始被妖魔化,然后再毁于本土激进的五四新文化运动和千古浩劫的十年。十九世纪末,圆明园焚毁了,紫禁城被洗劫了,敦煌莫高窟里的经卷被从沙漠深处一箱箱弄到了巴黎、莫斯科、东京……面对着一箱箱的文物被洗劫,面对着那些沙漠的车队,面对着文化如流浪的孩子,有文化学者说,恨自己没有早生百年,以瘦弱之躯去拦截那些强盗的车辆。

有人说,"商周时期是用眼睛看世界,春秋时期是用头脑看世界,汉唐时期是用心胸看世界。我们要对文化价值重估。要恢复商周的眼睛,春秋的头脑和汉唐的心胸"。

这一年,在东阿县,我看到了"古阿井",虽然井口被重石死死封住,当

药王山全景

听到只有到冬至夜里丑时,才取水;看到古井正北,一座六角碑亭,亭下龟驮石碑上篆刻着"古阿井",而小亭的正面题着四个大字"寿人济世",那刻,我的心一震。

据说,冬至之夜这里会举行九朝贡胶开炼告祭礼,这仪式,相传逾千年。这一夜,要沐浴更衣,焚香祭拜;这一夜,接通的是古老的中医理论。按照玄妙的传统中医理论,须选乌驴皮,须用阴阳水,整皮化皮,熬汁浓缩,凝胶晾胶,挂旗开片等99道工艺。条条藏秘密,道道有玄机,方能炼制"上品"阿胶。

有时我们不得不舍弃一些东西,甚至来不及取舍就被抛弃,历史行进到今天,难道只有用保护遗产的方式来祭奠那些古老的文化吗?

散　文

　　我们的先人充满了智慧,也充满了诗意,那些草药的名字,那望闻问切,是抚慰,是陪伴,也是一种心理暗示,始终有一种精神参与;"生民何辜,不死于病而死于医,是有医不若无医也,学医不精,不若不学医也"。中医有创建的概念:养病。病来了,那就养着,与病和解;与西医与病的水火不容相比,现代医学少了敬畏与禁忌。

　　禁忌是迷信吗?毋宁认为是一种怕,古人是知道害怕的,后来这种"怕"被消灭了,我们变成了"不怕",天不怕,地不怕,对自然的一切都敢踏上一只脚。其实,怕是一种可贵的精神素质,有哲学家说:"怕"与任何形式的畏惧和怯懦都不相干,而是与羞涩和虔敬相关。这是当人面临虚无时,顿悟其自身的渺小和欠缺的体现。以羞涩和虔敬为质素的怕,乃是灵魂进入荣耀神圣的虔信的意向体验形式。

　　在古阿井旁,沉思,阿胶和养生及中医的人文性,是关乎心灵的,关乎虔敬与畏惧的。

　　试想,《拾遗本草》某些药方的科学性肯定令人狐疑,觉得荒唐可笑,当然这些药方的有效性,不是取决于被污染的现代,而是取决于一个尚未被污染,同时贯穿自然万物的精神世界。

　　而今,草木不古,自然伤痕累累,古老的秩序和天然逻辑被破坏,损害的不仅是生态,更是人类精神的家园。曾经,人们心怀敬畏,努力与自然和谐相处。山有柴,春天人把斧头封住;水有鱼,春天人管住自己的嘴巴;我们看到,这种精神依然在,制作九朝贡胶的一道道的工序,足有 99 道啊,正是靠着这份承诺,这份执着,九朝贡胶才成为胶之极品。

　　拜自然之赐,东阿的水铸就了阿胶的灵魂,"阿胶,其功效在于水"(《神农本草经疏》)。古阿井的水,其水清而质重,性趋下而纯阴,专适阿胶提纯及熬制。按照中医阴阳理论,冬至古阿井的水乃至阴之水。取水的时间即是按照中医药子午流注理论,丑时取水,以利于入肝经、藏血、调血、补血,从而集补、调、通、止于一身,有补而不滞、补中有通之意。

中医有边界也有尊严,没有哪种医学能够包治百病,现代疾病是抗生素的病,污染的病,化学的病,雾霾的病,怎能让中医独担?

为什么现在各种疑难杂症让医学束手无策?肆无忌惮的掠夺,过度开发山川河流形成的污染,把生物置于永远的光明中,改变它们的植物神经;让鱼吃避孕药,牛吃动物骨饲料……人们肆意变乱上帝排列好的生命密码,这是一场生物的暴乱,黄钟毁弃瓦釜雷鸣,正常的健康的社会因子被篡改,荒诞变成了正常,这何尝不是一场人性的暴乱?

回顾中医盛行的时代,不得不向那个时代的土地草药致敬。

在东阿的几天里,逡巡在古阿井旁,在对阿胶的了解中,我看到阿胶人对水对井深深的敬畏。老子说"上善若水",子贡问于孔子曰:"君子之所以见大水必观焉者是何?"孔子曰:"夫水,大遍与诸生而无为也,似德。盈不求概,似正……是故君子见大水必观焉。"水,是生物的,也是哲学的;而井是有语言的,井虽小,但可以观天,井,是家园,除非万不得已,才会"背井离乡"。那是一种诀别,是一种忧伤和绝望。万里归来,就是趴在家乡的井沿,喝一口家乡的水。

出生在农村的人,从小在井台担水,看到古阿井,就像看到久违的亲人,爱尔兰诗人希内在《自我的赫利孔山》中写道:

> 小时候,没有人能阻止我去看水井,
> 还有那带桶的老抽水机和绞绳。
> 我爱那深沉的黑暗。
> 那陷在井中的天空,那
> 水草、真菌和潮湿苔藓的气味。

我深深遗憾,没能看到古阿井汲水仪式。卡夫卡有一篇极短的叫《夜》的文字,讲述一守夜人:深夜,人们都已沉沉睡去,守夜者挥舞着一根火棒,守着梦呓守着沉睡的人们。混乱迷惑的人群总是沉睡的,当普罗大众都睡去的时候,必须要有一个人清醒着,守护随时遗失的光明之源。我向来把举火棒看成知识者的隐喻,如果没有守候光明的人,那知识在历史中蒙羞岂不更让人难堪。如果在夜暗里没有星光,没有火把,那这样的夜,真的是死寂。

而醒着的人,他的眼瞳就是夜暗里的柔光。我知道,这柔光可能会被巨大的暗黑吞噬,就像黑洞,但这柔光的存在,哪怕只有旷野闪烁的一丝,也就宣告了暗黑的撕裂。

阿胶人就是这暗夜里的柔光:人心洁,井水才洁;时代不腐,水就不腐……

(耿立,散文家、诗人。广东省科技干部学院人文学院教授。作品获第四届在场主义散文奖;第六届老舍散文奖等奖项。著有《遮蔽与记忆》《无法湮灭的悲怆》《藏在草间》《青苍》等十余本散文集。多篇作品入选《北京文学》"2010年中国当代文学最新作品排行榜"。)

东阿小记

魏新

　　战国时，东阿曾是齐国和赵国的交界；新中国成立时，是平原省与山东省的交界；如今，又是济南和聊城的交界。所以，总在交界处的东阿产阿胶，似乎也是天经地义。

　　阿胶名称的由来，也正因为产地在东阿。"出东阿，故名阿胶"的说法来自陶弘景，不过，那时的东阿处于阳谷县境内，济水所注的东阿井用来煮胶，"治淤浊及逆上之痰也"。

　　今人听说东阿，多因阿胶，且大多先闻阿胶，再知东阿。即便当初有曹植封东阿王，也比不过阿胶给予东阿的名声。为此，我想必须要去趟东阿，去看看东阿阿胶。

　　地图上，东阿离济南很近，但我之前并未去过。想来竟有些不可思议，山东十七地市早就跑了个遍，大多县也都到此一游或多游，却不曾去过东阿，或许之前缘分未到，也或许是因为交通，东阿至今没有通高速，汽车要到荏平或聊城出口下来,再开四十多分钟,这显然会让人一疏懒便就错过此处。

还好,我这次没有错过。

汽车一进入东阿境内,眼帘中到处都是阿胶的广告。据说,东阿生产阿胶的厂家有数千家,临近的平阴县也有多家阿胶企业。然而,市场上百分之八十的阿胶都来自东阿阿胶这家企业。套用谢灵运评价曹植的那句话再贴切不过:天下阿胶有一石,东阿阿胶独占八斗,X 牌阿胶占一斗,其余阿胶厂共享一斗。

这也让人感到奇怪。同样的阿胶产地,规模和销量上怎会有如此大的差异?还有更多的疑惑,比如阿胶所用的驴皮来自何处?如此多的驴皮是否都货真价实?我甚至想起了在云南的茶马古道上,一路都是卖烤牦牛肉串的,然而一路也见不到一只牦牛,让人仿佛以为那一串串牦牛都是从地里直接种出来的。

记得前些年,央视曝光过阿胶企业,许多地方以马皮充驴皮,然而马皮性寒,驴皮性温,属性恰恰相反,正应了"驴唇不对马嘴"。那次事件震惊全国,让许多人认为,阿胶不管驴皮马皮,不过是吹牛皮而已。

其实,不光是对阿胶,对于中医药以及传统文化,从质疑到伤害,多数时候,都是由假冒伪劣的泛滥引发的。祖先们的珍贵经验,被别有用心者拿来坑蒙拐骗,最终,导致了信任的崩溃。所以,要了解传统文化,必须从正本清源开始。

阿胶之源,在驴,所以,去东阿阿胶的毛驴养殖基地看看,是极有必要的。这是全国最大的黑毛驴养殖基地,有一万多头纯种的黑毛驴。东阿的黑毛驴比一般的毛驴要高大许多,皮光毛亮,颜值要高很多。同去的作家甫跃辉见了尤其惊讶,他从小在云南长大,见过的毛驴也就比狼狗大点,看这里的毛驴,还以为是马,差点犯了"指驴为马"的错误。

诸驴之中,有一头选出的种驴,被称为黑驴王子,拥有运动员般的身材

毛驴博物馆

东阿阿胶一直倡导低驴精神,许多事,他们做到了不屈不挠的极致。

和小鲜肉一样的容颜。

王婆说西门庆时所用的"潘驴邓小闲",这头驴若是人,全占,就算是驴至少也占几项。工作人员介绍说,这头驴的工作就是每年要让四五百头母驴怀孕,乍一听让许多老司机也羡慕不已,但是,它交配的过程要全部通过试管来完成,他终日所要面对的,只是一个母驴的模型,任何一头母驴,它都"鞭长莫及"。如此一想,也让人为其惋惜。

其实,这个毛驴养殖基地还是颇为人性化的,驴场里专门为驴播放着音乐,舒缓悠扬,似乎还是世界名曲,不是《最炫民族风》之类的乡村重金属。之前知道国外一些酒庄,让葡萄也听着音乐长大,据说酿成的红酒味道更好,我不太相信葡萄能听懂音乐(或许能听懂吃葡萄不吐葡萄皮之类的绕口令),但我觉得对驴放音乐,绝不是对牛弹琴。因为对于这些驴来说,它们注定不会寿归正寝,注定会脱掉驴皮变成阿胶,穿上面饼变成火烧,音乐也许会赋予他们一些安详和神奇,会让它们记得人们曾经的善待。

对许多动物来说,人都是它们不共戴天的仇人。这一点无法改变。而对于驴来说,人类对其的虐待自古有之,许多笔记上都记载了虐驴的吃法,十分残忍,每种吃法都相当于一场酷刑。其实,人对驴不讲驴道,对人也不会有人道可言。

养殖基地正在建一座毛驴博物馆,现在还没有完全落成,前言写得蛮有意趣:担水上山不怕难,拉车驮柴最简单,耕地推碾有倔劲,卖粮送货你数钱,诗人骑上有诗意,跑驴一曲过大年,媳妇坐着娘家转,起早赶集响铃一串串……

东阿阿胶也一直提倡倔驴精神,这也是我之前没有想到的,许多事,他们做到了不屈不挠的极致。比如,他们的产品出口日本时,曾遇到一次"刁难"。日本对食品安全有着极为严格的监管制度,曾经,日本厚生劳动省对东阿阿胶的阿胶原粉进行了检测,当时检测项目二百四十三项,检测结果均为零检出。后来,由于对中国食品整体质量的不信任,又提出了要对东阿阿胶进行八百四十二项检测,包括数百种农药残留、兽药残留、五种重金属(水银、铅、砷、镉、铬)、金黄色葡萄球菌等三项微生物以及各种抗生素等检测,是日本对中国食品一次性检测最多的项目。

这样的检测,是东阿阿胶从未遇到过的,他们开始也有些拿不定主意,不知该如何应对。一番讨论后,他们认为还是应该有自信。最终检测的结果是全部达标,为此,还收到了一封日方检测部门的感谢信。

这种自信来自于哪里呢?环环相扣的质检;任何一块阿胶都可以追溯到产品源头的跟踪机制;还有其总裁秦玉峰作为国家级非遗传承人的匠心,这一切,汇聚成了东阿阿胶的倔驴精神。

东阿阿胶每年冬至的九朝贡胶开封大典。

多少人渴望骏马的速度,多少人尊敬黄牛的苦干,多少人喜爱绵羊的温顺,然而,在毛驴身上,有一种难以征服的倔强,没有因驯化而消失,没有因困难而退缩。今天这个时代,敢做倔驴,甘做倔驴的人越来越少,即使被人因"怼大巴"而嘲笑,也因倔强而可爱,因倔强而珍贵,因倔强而生生不息。

另外,在东阿,除了驴和阿胶,还有两处地方值得一看。

一是曹植墓所处的鱼山。坐落于黄河北岸,在东阿县城东南二十公里处,属泰山西来余脉。相传,因其形似甲鱼,或曰古建鱼姑庙于山顶,故此得名。因汉武帝所作《瓠子歌》中有"吾山平兮钜野溢"之句,又名吾山,明清之时,建有"吾山书院"。唐代诗人王维曾到此作《鱼山神女歌祠》:坎坎击鼓,鱼山之下。吹洞箫,望极浦。女巫进,纷屡舞。陈瑶席,湛清酤。

对于东阿来说,鱼山是文脉所在,是珍贵的历史文化贮存。还有一处药王山,盛放的则是人们对健康的心理寄托。

药王山是一处重建的景点,供奉药师佛及八大药王。"八大药王"的说法我头次听说,看介绍说是:孙思邈、李时珍、伊尹、扁鹊、华佗、张仲景、陶弘景和成无己，基本上都是古代的名医，只是排名顺序让人有些不解。除此之外，药王山还有一些分工明确的菩萨，像医生一样待在不同的科室，比如专门治眼睛的眼光奶奶，专门治不孕不育的送子观音等。

从历史价值上来说，和铜川的药王山没有可比性，但对于游客来说，祈福健康的功能和方法却是相似的。我去年到铜川药王山，看到那里唐宋时期的造像被游客乱摸（交十块钱即可），还和怂恿大家去摸石像的导游争执起来。到东阿的药王山，就没有这样的担心了，一下轻松许多。东阿药王山设了一座专门用来摸的铜像，同样是号称哪里有病就去摸佛像的哪个部位，像专家门诊一样广受欢迎，常一号难求。

看着铜像身上被摸得发亮的几个地方，我想，未来的人们想研究这个时代中国人的健康状况，通过对这座佛像的考古，也能掌握一个大数据吧。

（魏新，著名作家、文化学者、央视《百家讲坛》主讲人。作品有长篇小说《动物学》《我将青春付给你》《命运叫我变魔术》，历史文学《水浒十一年》《东汉那些事》等。）

散 文

东阿行

张楚

　　小时候,爷爷养了一头毛驴。毛驴真是我见过的最慢条斯理也最能吃的家畜了,连猪都不是它的对手——它时常让我想起那些沉默寡言、面目模糊、操劳一生人们却永远记不住名字的农妇。整个暑假,我和老叔戴着破草帽、背着尿素塑料袋、攥着明晃晃的镰刀去水田边、玉米地、花生地、沟渠旁侧打草。两个人直到日上中天才光着膀子回家。满满的、结结实实的两麻袋野草,那头毛驴两天就吃完了。当然,它低眉耷眼,只是饿了、渴了才叫唤两声,从来不会如乡村泼妇般撒泼耍赖骂大街,我对它印象还是不错的——能吃有什么过错呢?谁让它有一个巨大而消化功能又好的胃呢?后来,那头驴不知何故被爷爷卖掉了,当然,暑假的时候我还会跟老叔去割草。奶奶又养了几只温顺雪白的山羊。

　　后来我就很少见到毛驴了。每当想起它,我眼前就想起了它竖起的大耳、似乎看透了人间悲苦的巨眼以及它硕大而齐整的牙齿,然后耳边会响起杜甫在《奉赠韦左丞丈二十二韵》所吟唱的那句"骑驴十三载,旅食京华春"。老杜那么多名句,那么多跟社会学、哲学与美学相关联的意象,我却单单这两句记得最牢靠,怕是跟他愁苦沉郁的面相有关。我也曾经想过,为何唐宋的诗人、词人们都喜欢毛驴呢?李贺骑驴、杜牧骑驴、贾岛骑驴,贾岛还因为骑驴赋诗冲撞过韩愈。私下猜度,最主要的原因怕是毛驴散漫温驯、性拙步缓,断然不会乱踢乱叫乱咬,将酒家的旗帜撕烂,或吓到春游的美娇娘。

然而在东阿阿胶股份有限公司的毛驴养殖基地,我竟然见到了那么多毛驴,而且是出身名门的黑毛驴。我这才知道,"毛驴"两个字很简单,但关于这个物种的知识太斑驳芜杂了。以外貌来分,可分为乌头驴和三粉驴。如若按照体型来分则稍嫌复杂,不妨赘述如下,大型驴:德州驴、关中驴、广灵驴、晋南驴;中型驴:庆阳驴、泌阳驴、佳米驴;而小型驴则包括华北驴、新疆驴和西南驴。

爷爷养的那头,该是标准的华北驴了。体躯短小,被毛粗刚,毛色浅灰,关节结实,蹄小质坚,远不如德州驴和关中驴高大威猛相貌堂堂。也是在东阿,我第一次知道驴血、驴奶、驴肝、驴心、驴舌也能吃,驴舌养心柔肝,益血滋阴,驴心、驴肝对脾胃虚弱、中气下陷、脉向不通者效果显著。好吧,我牢牢记得这些是有些私心,下一部小说里还可能用得着这些细节。那天,在毛驴养殖基地,李浩、徐则臣、邰筐、彭敏他们都抢着跟"黑驴王子"合影,我只是安静地站在一旁充当摄影师。不是别的,只是我觉得这些用来生产阿胶的毛驴太过高大、太过英俊,如果说爷爷家的那头灰毛驴像一位朴实憨厚的老农,浑身散发着露珠、倭瓜花和青草的味道,那么这里成群的黑驴太像骄傲的富豪了,满身的阿玛尼,尾巴晃一晃,都是古龙香水的气息。当然,这些漂亮黑驴的驴皮,是制作东阿阿胶的最重要的原料。如果没有它们,就没有东阿阿胶。

散　文

　　也是在东阿,我知道了关于阿胶的另外一个秘密。在阿胶古城,我见到了那口井,井旁竖一石碑,上书"阿水"二字,首四句为:"济水付流三百里,逐出珠泉不盈咫。银床玉甃开苍苔。设沥争兮青石髓"。据说,每年立春,东阿人都会来这里举行汲水仪式。东阿阿胶为何名扬天下?除了黑驴王子,还与这阿水有关。阿井水,发源于太行山脉的一股地下潜流,此水经过地下岩石砾层过滤,水质清洁,又融入钾、钙、纳、镁、锶等矿物质,色绿质重,每立方米水比一般井水或河水重三四斤。正是因为有了这样特殊的水,经过几昼几夜火的熬制,才有了名扬天下的东阿阿胶。这不由得让我想起了泸州老窖,因为有了那里的有机红高粱,有了那里的龙泉井水(此水微甜,呈弱酸性,富含钙、镁等微量元素,能促进酵母繁殖,有利于糖化和发酵),才有了酒中极品。如此看来,一方水土与一方名物,难免有着一种神秘难言的勾连,而正是在这种复杂微妙的勾连中,我们看到了历史的某个切面,这个切面不大,但纹路纵深沟壑纵横,倒比正史更让我们唏嘘。

　　而在东阿的第一个夜晚,马淑敏女士带我们去东阿阿胶厂区散步。说实话,漫长的步行让我误以为穿行在一个庞大的公园里。我记得空气里有湖水的腥气、白玉兰的香气,唯独没有现代化工厂刻板的气味。在我的故乡,因为诸多家钢铁厂、箱板纸厂和焦化厂的缘故,空气刺鼻,这味道让你无论是走在路上还是小憩园中,都摆脱不掉。它让你对生活总是衍生出一种并不明显的绝望:你离不开这里,你唯有沉默。

　　而翌日白天,我们重游工厂时,我惊讶得下巴差点掉下来。这哪里是工厂,这简直是东欧某个国家的皇家园林:偌大的湖泊蜿蜒流动,小桥连着此岸与彼岸,而水中芦苇与莲蓬、菖蒲、梭鱼草、凤眼莲纵生,葳蕤英挺,蜻蜓与蝴蝶荡波,莲下是游鱼,岸边是树木和红色芍药,芍药开得正好,让人犹念二十四桥明月夜。最让我惊讶的是,湖中许多只黑天鹅在悠闲自在地游泳和捕食。在湖的另一边,是造型清雅独特的几栋灰色中式大楼,红椽黑窗,配上白色廊墙,让人以为身陷江南。每栋楼前竖着长柱,上面分别写着"东阿阿胶""复方阿胶浆""桃花姬""真颜""黑驴王子",想来就是相关产品的生产车间了。在极短的时间里,我经历了不可思议、羡慕、钦佩、恍惚等诸多发散性思维的转换。我暗自猜度,这是不是中国最漂亮的现代化工厂呢?它把古典与现代、工艺与艺术、物质与文化结合得如此巧妙且怡然自得,工人在这样的工厂上班,真是幸运幸福的美事。说实话,我当时立马想起了家乡工厂里那些灰头灰脸、戴着口罩仍不停咳嗽的工人。

而在湖边小憩时,我又胡思乱想了起来。一个蹩脚的小说家能想到什么?只有小说。这黑驴怕就是小说的故事了吧?故事是小说的底色、小说的根本,故事如果天然有缺陷,怎么能构建起经得住推敲的文本?而如果故事结实健壮、骨骼清奇,则是一篇好小说的起点。那么阿水呢?阿水就是小说的细节。水质特殊清亮,闪烁着天然的光芒,无疑就是小说中饱满润泽的细节,它不可思议、它妙手偶

散文

俯瞰阿胶世界

得、它蠢蠢欲动、它美艳不可方物,约翰·加德纳在《小说的艺术》中将细节比作"证据",就像几何定理和统计分析中的证据一样。当一个细节能调动我们的感官时,它就是"确切"和"具体"的。细节应该被读者看到、听到、闻到、尝到或触摸到。或许可以说,细致、确切、具体的细节是小说的生命。而生产车间呢?生产车间就是小说的形式感。驴皮与阿水的煎熬与塑形必须在车间里完成,犹如故事和细节必须以巧妙的形式展现出来,如果形式庸俗没有创意,那么驴皮与阿水也不会在水与火的碰撞、纠缠中脱胎换骨,小说也会

阿胶世界美食——驴肉火锅

因为缺乏必要新颖的表述方式而显得陈旧荒蛮、没有美感。

好吧，小说家的思维总是莫名其妙的发散，我还想到了水土与作家的关系。东阿之所以产阿胶，是因为有东阿驴和阿水，地理条件和气候条件使然，而一个地方的作家，也因为生活习性、风俗、气候的关系，会无形中构建出某种共同的气质与特点，比如爱尔兰作家。爱尔兰国域狭小，信奉天主教，气候潮湿多雨，用托宾的话讲，就是爱尔兰的"文学中只有下雨或即将下雨，牧师，挨饿，贫穷，痛苦，受苦，出国……"，而乔伊斯、威廉·特雷佛、托宾、克莱尔·吉根，他们的小说里，都写的是普通人最日常的生活，在这种平庸的日常里，我们却读出了伤感与诗意、万物艰辛和万物明媚……

我形而下的思考是被朋友们的召唤声打断的。他们说，马上要吃午饭了。我的味蕾又要饕餮一顿了。美妙的午饭肯定跟驴肉或阿胶有关，昨天，我们就品尝到了传说中的极品驴肉火锅，那真是让人舍不得放下手中的筷子啊。而今天会是如何的盛宴？我闭上眼睛，马上想到了那些关于阿胶的美食：阿胶海参汤、鸭肝阿胶粥、阿胶蒸燕窝、胶艾炖羊肉……当然我最爱吃的还是驴板肠，是谁说过，宁舍孩子娘，不舍驴板肠……作家有一副好身板才能写出好文章，我如是安慰自己，所以，多吃点驴肉，多吃点东阿阿胶，总是没错的吧？

2018年8月18日

（张楚，中国作家协会会员，河北文学院合同制作家，河北文坛"河北四侠"之一。著有中短篇小说集《樱桃记》《七根孔雀羽毛》《夜是怎样黑下来的》《野象小姐》等。作品曾获第六届鲁迅文学奖短篇小说奖。2017年12月，获得第二届"中华文学基金会茅盾文学新人奖"。）

春日访东阿

彭敏

1

记得小时候,母亲刚刚生产完毕,身子虚乏得紧,走几步路就须扶墙歇息。家里那时本就拮据,生二胎又须向政府缴纳一笔巨额罚款,于是我便看见父亲三天两头揣着存折往银行跑,回来时脸色懊恼得像是随时要下雨。

可即便如此,家里的餐桌上,却颇不贫瘠。种种肉类层出不穷,出现最多的是老母鸡,不是切成均匀的小块和萝卜山药躺在一起,就是漂在清浅的汤水中,上面覆盖一层薄薄的油脂。

母亲多次抗议,甚至变了脸色不许父亲再这样败家,父亲却都没有听进去。

一天,父亲喜滋滋地从外面回来,手里拎着一个皱巴巴的塑料袋。

"猜猜我带了什么回来?"

父亲的声音里透着得意，又透着些神秘。

可没想到，塑料袋一打开，母亲就骂出声来："你还过不过日子了？！"

我循声望去，只见父亲手里捧着几块乌黑发亮的小"豆腐块"，是我从没见过的精致细腻。因为失去了原有的包装，被粗暴地放在塑料袋里，这些"豆腐块"被磨平了棱角，也损耗了肌肤，却仍神采奕奕地散发着别样的光泽。

父亲赶紧解释："我的分寸你还不知道吗？这是校长家的听说你体虚，特意省下几块嘱我带给你的。"

母亲这才破涕为笑，把东西接了过去。

接下来几天，我常看见母亲拿个小锤子去敲打那些"豆腐块"，将它们融到水里，郑重其事地喝下去。

而她原本苍白的脸色，渐渐恢复了红润。说话的嗓门，也比从前亮了起来。

童年时这一幕场景，深深刻在了我的脑海里。工作后，好不容易开始赚钱，自然想着要好好报答一下父母。过年过节，就大包小包地给他们带了礼物回去。

父亲这边，是极好处理的。好烟好酒，男人没有不喜欢的。可到了母亲那里，就变得有些难办。我曾给她买过一个漂亮的钱包，后来却发现被她扔在衣柜里，一日日地蒙尘。带她去商场买衣服，结账后不小心让她知道了价格，从此就再也不肯随我一起进商场了。

钱包衣服都不管用，就别更说香水口红这些女人通常都会喜欢的东西了。

有一次临回家，我又陷入了选择困难症。忽然，童年时的情景一闪而过，心里顿时有了一计。

那一次，母亲特别高兴。当她从我手里接过那几盒东阿阿胶，我读懂了她脸上的笑容。同样一款产品，时隔二十多年，她已不再觉得奢侈，而可以坦然受用。仿佛从父亲手里接过了一根接力棒，作为一个儿子，我的内心无比骄傲，又感动。一样东西，凝集了两代人的深情与关爱，又岂止是一款产品？

人和人之间，即使互相惦念，有时也难免有所亏欠。我们再努力再用心，总有我们无法深抵的地方。而这些许的遗漏，却可以由某种东西来弥补。

我们总在口头祝福亲人身体康健，而东阿阿胶，早已用实际行动，在呵护，在关怀，在调理，在治愈。

2

作为一名文学期刊的编辑，有诸多的机会，进入种种企业的厂区采风、参观。我看到过宏伟的造船厂，精细的加工车间，也进入过馨香醉人的酒窖。

可当我在一个阳光明媚的春日，走进东阿阿胶的工业园区，还是被震撼到了。

如果把门口的牌子摘掉，这里便俨然成了一个江南古城的公园，一所多情高校的校区。除主楼外，大多数楼都不

散 文

高,低调而淡然地挺直着身躯。微微起伏的石拱桥,横亘在一片波光粼粼的湖面上。夜晚有晚风吹拂,白天可以看到天鹅起舞。对任何讲求空间利用率的企业来讲,这样的设计无疑相当奢侈。

我特意问了这里的工作人员,这么美好的景色,真的不会影响到工作吗?徜徉在这人间仙境当中,真的还有心思埋头干活吗?

工作人员笑着回答:正因为这里如此美好,才更有动力埋头工作呀。今日的每一分耕耘,都会让这里的未来更加美好。大学校园那么美,大家的学习成绩不是更好,学习也更自觉吗?

是的,企业讲求效率的方式,向来都有两种。一种靠压力与催逼,不给人喘息的机会。人被当作螺丝钉,固定在庞大机器的相应部位。这样的企业也会成功,却摆脱不了血汗工厂的恶名。生产出来的,往往也将是没有灵魂的"产品"。那产品里头,也会凝集人类的智慧与心力,却少了几分神韵与风情。另一种企业,则用精醇的文化熏陶人,用高华的胸怀感召人,劳动者在这里收获的不仅是工资,付出的也不限于劳动。所有人都和美好的环境融为一体,所有人都在享受工作,并把产品当成他们自己的"婴儿"一样,去生养、去抚育。

3

工业园区没多远的地方,就是东阿阿胶的黑驴养殖基地。作为一个南方人,我和一头驴四目相对的机会并不多。这一次,算是过了瘾,尽了兴。我看到了雄赳赳气昂昂的公驴,也看到了身姿窈窕的母驴,还看到了细瘦单薄的小驴。我还得到了"黑驴王子"的亲切"接见"。

虽然,被王子接见通常都应该是从王子那里得些赏赐,但我们一行人,拿着手腕粗的胡萝卜"进献"给"黑驴王子",也是饶有兴味。

以动物为原料来满足人类的某种需求，在当下，仍然是无法回避的选择。中国人看待和对待动物的方式，和西方相去甚远。打开互联网，会看到很多类似于"活取熊胆"的残忍行径。

令人欣慰的是，在黑驴养殖基地，我们看到，每一头驴都享受了作为一个生命的尊严乃至荣誉。它们让人类的身体更康健，人类则让它们在有生之年活得美好而又滋润。黑驴一辈子也不可能懂得什么叫人文环境，但我相信，它们一定能体会到幸福的感觉。我相信，一头黑驴，总是独自在田间地头辛苦耕作，并且经常饿肚子挨鞭子，和它生活在一群同伴当中，衣食无忧，备受呵护，对它来说一定是天壤悬隔的体验。

作为黑驴的旁观者，我很高兴看到它们过着现在这样的生活。

4

离开的时候，天空是微微的阴沉。

仿佛方圆十里的阳光，都被某个熊孩子偷偷收藏了起来。

这样阴沉的天气，只需太阳公公一个明媚的笑脸，便可以瞬间治愈。

而我们人类的身体，却没法如此简单呵护。

所以千百年来，我们的祖先想了种种方法，耗尽了诸多的智慧，也收获了丰硕的成果。尤其是在东阿这片古老而又满怀热望的土地上。

汽车像哼着小曲，在大路上蹦跳着前进。轻快的马达声中，似乎还夹杂着几点驴蹄踢踏的声响。凉丝丝的空气里，似乎能闻到阿胶块那细腻的芬芳。

我不禁放下了手中正在看的书籍，久久凝视着窗外。

因为我不知道要到何时，我才能再来。

（彭敏，青年作家，中央电视台中国成语大会冠军，中国诗词大会亚军。）

诗歌

熬胶（外一首）
——写给东阿阿胶

弓车

需要用最原始的火

需要用燧人氏钻出的第一缕火苗

需要用他的目光引燃

需要将最初的太阳，九颗太阳

一颗接一颗地放在炉膛内

需要春秋的烽烟

需要战国的烈火

需要唐宋元明清一路传递的火炬

还需要未来烈焰蒸腾的梦想

需要拥抱亲吻时唇上一千度的火

需要将后羿射日的箭转换成丘比特的箭

需要普罗米修斯盗取的天帝之火

放在胸腔内，五脏六腑是最炽热的桑木火

需要将三百首《诗经》放进锅内
需要几万首《全唐诗》在里面调味
需要宋词、元曲的色香
需要将《论语》一句一句
原汁原味地投入其中
需要庄周的梦,需要他将梦中的蝴蝶
在沸腾的胶汁上盘旋飞舞
需要周文王在旁边演着八卦
左一手阴爻
右一手阳爻
阴阳鱼就在锅内游动不止
日月星辰就在里面旋转不止
需要我们在火里传递消息
一千遍一万遍后,就是火眼金睛
就是不灭金身
需要将我们的激情与爱情
洒进去、泼进去、浇进去
最后还需要将我们的血
混合着黄河水的血,倒进去,倾进去
从此我们无须开口
我们的喁喁情语,我们的呐喊声
我们爱恨情仇的朗诵声

诗 歌

阿胶世界一角

就用一块块琥珀色的通灵宝玉

冷静地、不动声色地,来一一转述

阿　　胶

我用的笔是一棵棵庄稼

我用的纸,就是我脚下的大地

砚台,是屈原时代的洞庭湖

对,我什么都有了

现在我需要一块最独特的墨

这块墨应有着日月星辰的质地

里面应有我的诗,爱情诗、田园诗

还有我听过的咏叹调、华彩乐章

有我的心跳、我白娘子的心跳

有浪漫的传奇

有童话,有用童话垒砌而成的城堡

有雨巷里走出的一朵紫丁香

而那个紫丁香一般的姑娘

迷失在了我还未写完的一首诗中

这块墨研起来,就会听到盘古开天的声响

听得到在水一方的伊人的吟咏

还应能够听得见未来万年之后

有人叩响我的门扉,让我提前去赴来世之约

对,这块墨写在纸上,不是黑的
是黑里透红的,是凝固的血
是我的血,B型,血压至少一万度以上

(弓车,本名张军,中国作家协会会员,国家一级作家,现任聊城市作家协会主席、聊城市诗人协会会长、山东省作协诗歌创作委员会副主任、中国诗歌学会理事。出版有诗歌集《走出伊甸》《走过田野》《采薇与抽刀》等,中短篇小说集《天籁》。作品曾获山东省第二届泰山文艺奖等省级以上文学奖多次。有作品入选《中国年度诗歌》(诗刊社编)、《中国诗歌精选》。)

寻阿胶记

阿华

1

在时间曲折的线性中,我和春天的
燕麦草一起焦虑不安
"更多的人死于心碎"这话有些矫情
但事实的确如此
我还没从一个黑夜走出,就又进入
下一个更深的黑夜
我,颓废,苍白,软弱
春天不事稼穑,秋天不问收割
就连星星硕大的夜晚,我听见的
也只是树上的声声蝉鸣
那一地的灰尘和纸屑,都可以
证明时间给我带来的伤害

卸不下灵魂的栅栏,我就只好
一天服一粒药丸

2

苏珊桑塔格在《疾病的隐喻》里说
社会对于生病的人的态度,是责怪的
看电影《阿司匹林》也只记住
一句台词:任何解药都是没有用的
远方的女友,在春天里给我写信:
"请保持你对生活的一往情深
在还没老去之前,你要用阿胶
来安慰自己疲惫的身体"
这世间有许多细微之物,无处不在
且又频频振羽
像清风带来的花影,那些默默的
温情,它发生,它存在
但植物学和动物学,依旧是
我读不懂的人间春秋

3

聊城东阿,我和一群写诗的人
在此相聚
我们讨论,争辩,八卦

偶尔谈到人生的种种虚无
"没有什么是值得回忆的
一切不过是热吻对薄唇而已"
总有持不同意见的那个,站出来
大声说话
"世事沧桑,但对一个人的爱
可以缩小到一枚阿胶中"
天空变大,世界变暖
一枚阿胶里,凝聚着一个人
对另一个人的爱
而我久居海边,对阿胶怀着
愈来愈深的好奇
瞧,这植物体内积攒的精华
这动物体内燃烧的灯盏
……在东阿,我想了解一棵草
对一头驴的意义
更想了解一滴水,对于一枚阿胶
的意义

4

有人说:甄别是一门伤心的学问
是临床上的换心术
但不管是蜂逐花蕊,还是月寄枝头
我们想要知道的,只是哪些是好的

哪些会更好

检测清澈的井水，刨开动物的羽衣

我们要抵达的，只是事物的真相

它们有过怎样浓烈的爱啊

会把所有的激情，都聚在一枚阿胶中

它们要耐得住多少高温的逼迫

才能修得厚之道，敬之道，诚之道

如果说，阿胶的每一次投胎

都是一次潜心闭关

那么它的每一次出炉，一定都带着

植物身上的芬芳

5

时光里，到处是这比喻的碎片

——阿胶一寸，不能止黄河之浊

——阿胶一碗，芝麻一盏

白米红馅蜜馅，润了青春，保了天年

就连东阿王曹植也在《飞龙篇》中

称阿胶为仙药

——授我仙药，神皇所造

教我服食，还精补脑

寿同金石，永世难克

这样说到阿胶，好像很俗气

可是为什么不可以这样：说说它

寿人济世的使命

多好啊,厚道做人,地道做事

多好啊,坚守传承,持续创新

不需要点拨和暗示,也不需要

更多的过渡和陈述

墙上醒目的大字,告诉我

这荒凉中的热烈,这潜伏中的怒放

6

我爱这样的景致:在东阿阿胶

一边是青绿的麦冬在生长,另一边

是曲颈的天鹅在歌唱

我也爱这样的景致:在阿胶街78号

扫去时间和尘影

每一扇门后,都是熟悉的场景

——财务室的算盘还在,车间里

还有浓浓的阿胶香

——黄昏里的树木清晰别致,花影之下

仿佛有人刚起身离开

那时,会议室的灯光忽明忽暗

外面的雨水,平添了几分寂静

所有的话语,都掷地有声:

"士不可不弘毅,任重而道远"

像炭里包藏着火焰的力量,那么

汗水也一定有血液的比重

7

1952年的东阿阿胶,刚建立
它只是一个小作坊
也许还有一个别名:人民公社
1962年的东阿阿胶,它在平稳
和观望中,慢慢地发展
1978年,蒸球化皮代替了大铁锅
引领企业迈向了工业化的大生产
1993年,国有制身份终结
而一个时代的结束,意味着
另一个时代的诞生
1996年,决定命运的时刻悄悄来临:
——东阿阿胶开始上市
像一棵树找到了一片森林,像一枚
颤动的音符,找到了阔大的音箱
2012年,842项检测零检出
为中国药品出口打了一针强心剂

8

其间,我偏离人群
在阿胶井旁边寻找阿魂草

——阿魂草,请你告诉我
经历过千疮百孔的生活,我是不是
已经成为一个铁石心肠的人?
我远道而来,只是想问问你
如果一条河死了,一滴水有没有
活着的可能?
如果一滴水,随着一条河而去
这是水的宗教,还是河的胜利?
我偶尔抬头,看到白云排列
大雁高飞,天空又有了新气象
岁月总是这样匆忙:雨走草深
一个眼神,就又过了一年

9

每一个旧杯子里都装有新饮品
它们瓜分了我的日出和日落
每一盒阿胶里,都是一盏清凉的灯火
它们是光阴里开出的一朵花
中年以后,我将开始依赖
这些芳芳的阿胶
让它们保持着我健康的体魄
和对人生欲说欲深的爱慕
中年以后,我将开始依赖
这些芬芳的阿胶

诗 歌

昔日的东阿县卫生阿胶厂

20世纪80年代的东阿阿胶厂厂区

请让我同草木、流水、星辰一起
活成时间的同谋
而来自太行山和泰山的两股清泉
慢慢润泽着我荒芜的身心

10

伊壁鸠鲁的信徒认为:诸神要么是
无所不能,但又不好
要么是好,但不是无所不能
多年以后,我也开始相信
真理就在普通的事物中
"当万物歌唱,那最小的指甲花
也在轻轻地摇摆……"
亲爱的阿胶,与世间所有珍贵之物一样
你是蒙了神谕,才来到这尘世
亲爱的阿胶,这一脉相承的慈悲
让我在一瞬间向你靠近
曾经我一直期待,在走向远方的
旅途中,参悟生命与哲学
如今,我确信:一枚阿胶中所含的
善的金汁,胜过一切的虚伪的赞歌

11

我从这里带走更多的阿胶
真颜小分子送美女,阿胶膏送老人
"送人阿胶,唇齿留香"
我相信,那香甜留在味蕾之中
一定是幸福在扩散
——生活里哪会有那么多的
山高水长
所谓的热爱,有时就是送你
所爱之人一盒滋补的阿胶

12

我曾在时光里惜墨如金
但现在,我把自己深埋在对阿胶的回忆里
写下对命运的种种认知
"我们彼此靠近,仿佛失散之后
再次相认……"
"血,气,脉,这是些积极的
美好的,健康的,向上的力量"
这些文字看似散乱,但掩不住
我内心掠过的震颤
生活依旧在继续,但在抵达

和迷失之间,我不再困惑
一次寻找阿胶之旅,也是一次
唤醒记忆的文化之旅
那一枚阿胶所承载的使命
将是我终身仰止的庙宇

(王晓华,笔名阿华,鲁迅文学院第三十一届高班学员,山东省作家协会签约作家。诗歌作品散见《人民文学》《诗刊》《山花》《飞天》《十月》等,有诗歌作品入选多种诗歌选本,著有诗集《香蒲记》等。参加诗刊社第二十五届青春诗会。)

诗 歌

东阿阿胶的神秘之力

高建刚

一

黑色的头发

黑色的眼睛

黑色的嘴唇

它俯下身来

向黑暗的皮囊

吹出生的气息

红色的血液

开始奔涌

如强壮的火车穿越黑夜

以及更黑的隧道

追赶着旺盛的早晨

直到通红的太阳
升起在身体的尽头

二

上帝多么垂青东阿
他割下夜的一角
让它奔跑、跳跃
里面包裹着生命所有的秘密
只有东阿人用水与火的语言
才能读出它的奥秘

三

东阿的火
烧出阿胶的旗
它在你的体内
率领血液的千军万马
踏平所有疾病的阵营

四

泰山和太行山的眼泪
为普度众生而流
亿万年不短不久

恰好流至东阿的井

只有悲喜交加的水

遇见厚道的黑

才能生出喜出望外的命

五

阿胶、核桃、黑芝麻、冰糖

元曲的秘方

经东阿人

一唱一念一做一打

阿胶的戏曲

便让腮红了

青春回来了

天年保了

本钱有了

六

黑驴王子嚼夜草的声音

嚼胡萝卜的声音

凝结成欢笑的表情

在我的梦里盛开

黑驴王子必须把自己的夜

诞生出无数个温暖而冰冷的夜

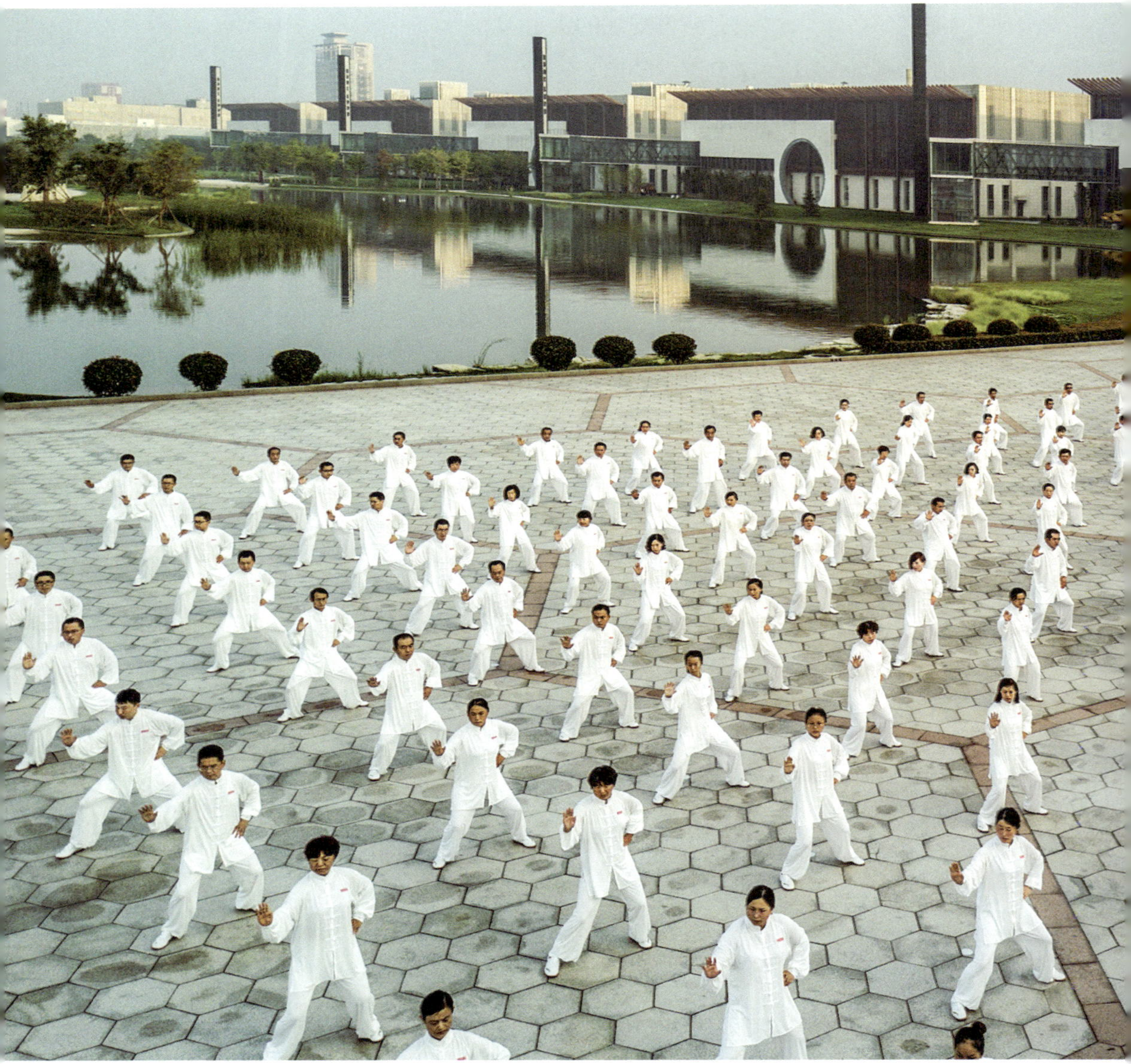

阿胶、核桃、黑芝麻、冰糖
元曲的秘方
经东阿人
一唱一念一做一打
阿胶的戏曲
便让腮红了
青春回来了
天年保了
本钱有了

它似乎知道自己的使命：

把夜熬成粥

把夜切成一片片闪烁着星星

月亮和银河系的方形夜晚

奉献给每一个需要的人

七

一个女人

每月都要忍受夜的碎片

的切割

和月亮铅球的重压

艾灸的烟云

暖水的抚慰

偏方秘方所有的药方

如用完的笔芯

空空如也

她没有想到

阿胶——另一个世界的夜晚

在她的身体里

会融化夜的碎片

它的星空会照耀她的河流

唤醒沉睡的大海

八

从东阿回来

早晨多了一片

温暖的夜晚

它与小米粥的阳光

交织成

甜而香的光线

我感到身体里

气血如炎夏

走廊里的微风

清爽而平和

朋友们见了

说我的气色真好

首次见面的朋友

在我身上减了至少十岁

我暗自得意：

看你们酒喝得够不够朋友

我可以把秘方传授给你们

九

从东阿回来

第一天去上班

看见一块阿胶

飞来

落在我身旁

听见它说:

"你好你好"

(东阿口音)

那是一只八哥

第一次跟我说话

之后,我看见

成千上万只八哥

鸣叫着飞来

遮天蔽日

我意识到

我的心里全是东阿阿胶了

(高建刚,青岛作协主席,《青岛文学》执行主编。曾获曹禺戏剧文学奖,广州文艺小说双年奖等,曾获《诗刊》优秀作品奖等。以诗歌、小说创作为主,诗歌发表于《诗刊》《星星》《诗探索》等,出版诗集《悬空的花园》。)

十二月一日游阿胶园

戴潍娜

到了冬天,我们进补
刚刚过去的春夏秋消耗了
太多人性
心肝脾肺肾
胸腔里的家具落了灰
神不愿伏在上面写字
三两蝉壳,七钱软玉
除了进补阿胶,也进补真话
和在一起冲调服用
口感如婴儿的口水
只因自我还未成形
人们便不介意腥粘来自另一个体

一口口啜饮下去

比跟情人接吻还要心安

心安配理得，一副秘方

我们活着活着便活成了行家

一面啖那小驴皮肉熬制的膏汤

一面回味黑驴王子活着的欢愉

（戴潍娜，诗人、青年学者，毕业于牛津大学。中国人民大学文学博士。美国杜克大学访问学者。荣获2014中国星星诗歌奖年度大学生诗人；2014现代青年年度十大诗人。出版诗集《我的降落伞坏了》《灵魂体操》《面盾》《瘦江南》，童话小说集《仙草姑娘》，翻译有《天鹅绒监狱》等。2016年自编自导戏剧《侵犯》。现就职于中国社会科学院。）

冬至(外二首)

中海

从初生的阳气中脱颖而出
——置身于最短的白昼
些许光照着我单一的身体
肥厚的身体。秃枝兀自在一侧
我是旁观者,刚开始的寒冬有多深
在我每个侧面轻轻开裂而抖动的白昼
还将持续。而我想要的统一和对应
都在午后的小小崩溃中呈现
一个人伫立于无用的阳光下不语
这个时代的炉火正旺
在霜满天的辽阔中,血液般闪光
但我接近冬眠的失血体质

还能坚持多久?炉火在煎熬
——阿胶君,请修补我
白昼用尽后,剩下的漏洞
秃枝同时用尽绿叶,但它捅破
一个落日,而交出新生的入口
当我体内的气血升高
当我从失败的器官中涌现无数个缺口
当我在一个落日的泥土侧面——
一无所有的树上看到婴儿般的自己
火焰来临,以抵住欲倾的斜阳

静体者说

冬至至深,在秋风斩后
一群摇摇晃晃的人手提灯笼
穿过薄冰层的河床
穿过乱石堆积的身体
我以为遥远的线在光亮的尽头
仅为线。而迟到的阳光入室
退缩为线,和身体融为一体
——这晦暗之角静默的片刻
(旧时的官吏借机回来,之前
去了哪里?他告假来我案牍
玉玺轻放,为了窃取阿胶
他关门的同时

诗 歌

落日余晖中的阿胶世界一角

把疲倦的自己与世界隔离）
而我是无常的,从四方形的盒子里
舒展、返回。在事发现场
我提取了虚弱的明证
——来自抓不住的北风,说的

全是屈从和怀旧的话
因而我想退休,沿着脚手架
和黑色液体
说话声越来越低

长夜

寂静时,我们所想到的不远万里
都会回来……
夜在持续,月色中返乡的人
迎面吹来我们散发掉的温度
"一切焦躁隐约可见——
暖气吸走满腔的寒意,剩下的
才是离白天最近的"
可陌上白露为霜,我依次抖落
风衣上杀无赦的暗影
长夜来临,我们用极简的方式
互相道别,互相看清薄薄脸庞——
相对于爱情、欲望和战争
相对于远离故乡的人
相对于补血之物
我在这一刻的宁静里
或狂热,或回味
从冬至的漫漫长夜中走来的人
近似于锋利的三角形

从回味中睁开双眼的人
近似于平滑的立方体
这两种形状都是我返乡前
注入黑暗的容器
寂静时,我突发奇想地
从难以搅动的液体中
回到东阿老家

东阿阿阿胶杯·冬至情优秀奖

(中海,中国作家协会会员,中国诗歌学会会员。作品见《诗刊》《中国作家》《十月》《星星诗刊》《扬子江诗刊》《雨花》等各类报刊,诗歌入选多种诗歌选本。著有中篇小说集《碎片》,诗集《零点零一》《零点零二》《终剧场》《中国梦》等。)

冬记(散文诗六章)

梅一梵

立冬

这一天,大地由华丽走向朴素。

我会选择一个阳光明媚的时辰,在十字路口画个圆圈,给杳无音讯的人邮寄寒衣。

也会在一个热闹的墓地,找到一块碑碣,对着几个红苹果,把发黄的念白点燃。

往事升起来了,萧条长势良好。我想,

我会遇见第一场雪,一朵一朵地落下来。

也会遇见一个稻草人,把它的蓑衣,给我披上。

小雪

雪花开了。

我渴望是一块石头,被雪覆盖。

我渴望是一阵风,领着一场雪,奔向另一场雪。

我渴望是一粒麦子,躺在泥土中,等一朵雪与另一朵雪重叠。

然而我不是它们。

我只能看着雪落在别处,让我在善与恶的未知中,失去将来。

只是,请你不要忘了,我只要像麻雀那样站在干净的枝丫上用小脚轻轻一蹬,雪就会迅速发芽。

这时候,你会看见一棵树开满白花。我在树下,站成一山雪。

而那些善与恶的未知,正在被永恒的信仰,一一斧正。

大雪

白色的雪,总是想改变事物的黑。

她像从天而降的仙子,在宇宙里,轻盈,飘舞。开成洁白的花,让人间充满香气。

白色的雪,总是想改变世界的冷。

她从古老的天上,出生,降落。落在大地上,落成厚厚的棉被,让泥土孕育丰满的理想。

白色的雪,总是与更多白色的雪组成联军,让自身的白,策反乌鸦的黑。

她们,

一起披上素衣。

一起冲锋陷阵。

一起把晶莹剔透的血,射向乌鸦遍地的人间。

太阳出来了,正义与邪恶同归于尽。

原来,雪是活在意义中的神。一年一度的雪,

和那些在大雪中久久伏地的野草,必有其深深的用意。

冬至

世界安静,大地悠闲。

悠闲中,冬天围困了村庄。

我们在村庄里关门闭户,顺应自然,让气息由盛至衰,让思维由动至静,并且安排好日常的饮食和起居。

我们就这样默默地存在。

直到被一个古老的节日,集体赦免。

雪纷纷。我们披着一身雪,用冻红的小手,从雪地里刨出萝卜和白菜。

雪纷纷。我们坐在热气腾腾的火塘旁边,剁肉馅,包饺子,撒葱花,滴香油。

雪纷纷。这一天,我们需要在饭桌上加一副碗筷,等久久失散的那个人端起饺子,背对我们,边吃边琢磨:嗯,就是这个味。

我们静静想着。雪,纷,纷。

小寒

数九寒天的日子,适合去旷野里走走。

也许你认为,冬日的旷野是没有颜色的。那你就错了。你看,一朵朵被冰凌含住的蜡梅,镶嵌在透明的琥珀中,舒展着灵魂的香气。

也许你认为,冬日的旷野是没有生机的。那你就错了。你听,窸窸窣窣的灌木丛里,一只松鼠哧溜一下跃上树枝,噙住一簇小果子,又哧溜一声跑丢了。

也许你还认为,冬日的旷野是没有温暖的。那你又错了。你看,你看,一座小庙蹲在半山腰。木鱼叮叮,木鱼叮叮。那些跳来跳去的小麻雀,只要一听见木鱼叮叮,就一起飞回来。

数九寒天的日子,适合在旷野里行走。

让我有个又近又远的地方,可以跋涉。

让我有个沉于莽草的界碑,可以停下。

大寒

一只鹰需要在空中盘旋多久,才能答谢天空对它的束缚。

一滴水需要忍住多少次滴水穿石的本能,才能在悬崖上坐化成白发三千丈的瀑布。

北风需要翻过多少座广袤的山川,才能气喘吁吁地,在一个有花的地方停下。

北风翻过 99 座山川,99 个村庄,99 户农家小院,才听见一只翘尾巴的

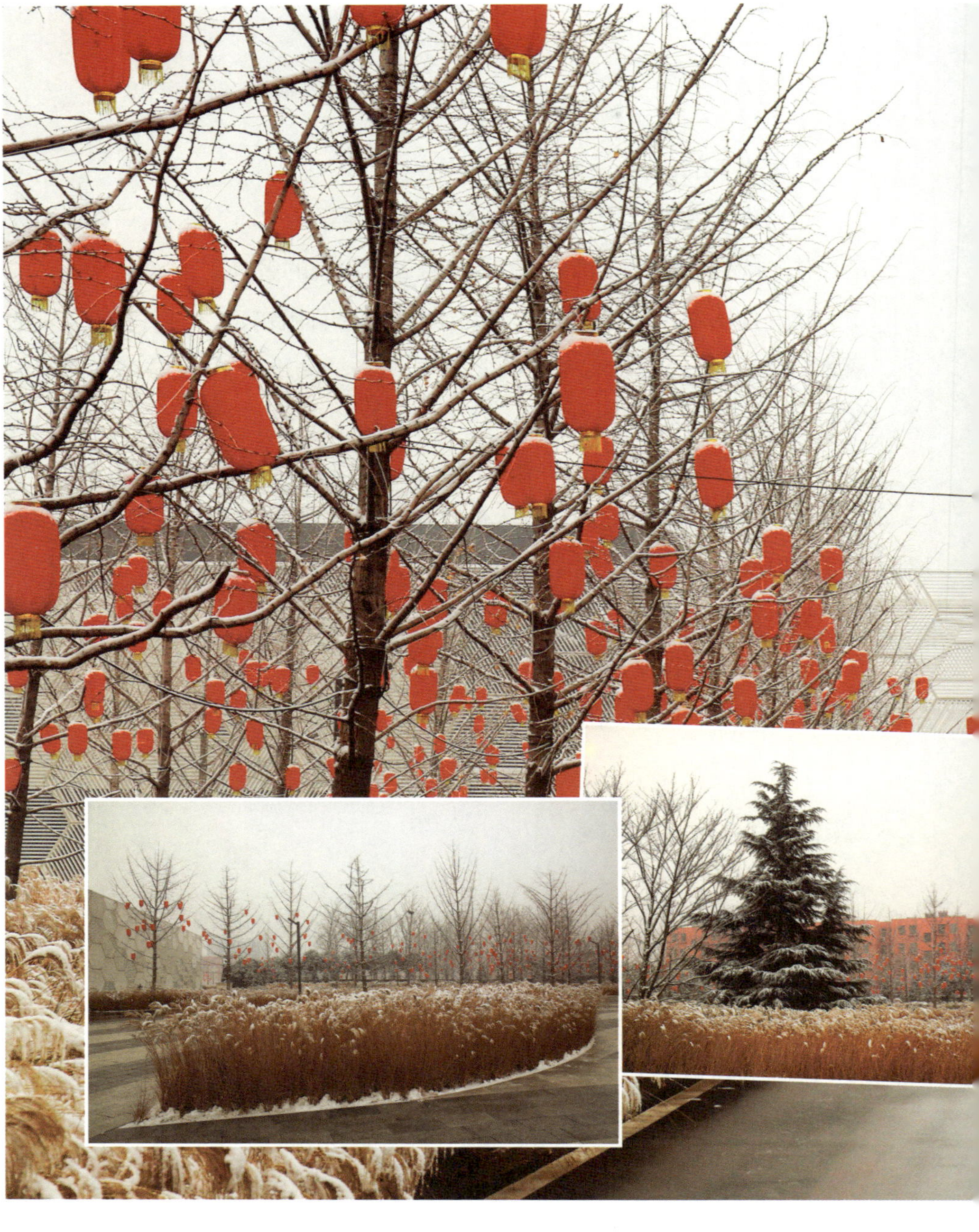

雪中阿胶世界

冬至大如年

小鸟在瓦檐上奶声奶气地说：

"水仙花开了，水仙花开了。"

水仙花开了。

我听见十万亩麦苗正在打鼾。

我听见十万亩花朵正在包浆。我听见，

一只鹭鸟撑开双翅，飞，飞，飞。飞进一幅水墨画中的留白。

飞成冬日里的绝句。

东阿阿阿胶杯·冬至情优秀奖

（梅一梵，女，陕西汉中人，作品见《星星》《散文诗》《绿风》《鹿鸣》《时代文学》《名家名作》《读者》《安徽文学》《中国西部》《海外文摘》等刊物。偶有获奖。）

在阿胶的温存中滋润生活(组诗)

王志彦

冬至,在阿胶中剔出春天的翅膀

1

我看到了生命的羽毛在剥落,隐蔽的病痛
铺满去往明天的道路,生活陡峭,灵魂浮躁
一只惶恐的鸽子,内心保留了河流的细柔
万物生而有光,荒芜和颓废还能坚持多久
让虚弱的爱,在冬至的阿胶中剔出春天的翅膀吧
当风暴突起,有无尽的草木之香等待搬运

2

这一切，并不突然。风生水起，绵里藏针
时间之外的隐秘就要呈现，在所有惊喜之上
一切混沌和未知，将悸动于绝望的深渊
当它们放下心中的刀斧，纵身扑向大地
当汉字梳理出春天的纹理，打开时光的栅栏
在这无休无止的轮回中，阿胶献出了自己的春天

3

冬至体内的墨汁没有叫出声来，冰凉的夜晚
仍由单纯的月色浇灌。就像庄子袖中的微风
从来不拂尘埃。在众多的颂词中
唯一复活的声音，来自阿胶本质的温存
冬至以前，我没有见到先知们的预言
事物之间的关联，恰似敦厚的阿胶蕴藏着滚烫的火焰

4

整个冬天，我在一块阿胶的关爱中打坐
万物寂静，众神高远。马车独自走在月色的山坡上
在宗教般的修辞中，一粒词掩盖不住尘世外的欲望
词语被语言污染，灵魂与远方的马蹄声貌合神离

仿佛抱璞而眠的水滴,在美学外制造了天涯
却无法抵达一盏长夜里行将枯寂的青灯
然而,在冬至到来时没有人知道我虚构了知音
就像没有人知道那辆马车装满了万物奢求的阿胶

冬至,下雪的时候到了

1

夜归的人,走在思乡的弦上
北风正好把寺庙的诵经声带到小镇
灯盏和阿胶的香气在房间汹涌
麻雀饿着肚子,宽恕了人间的一切悲苦
是的,下雪的时候到了
群山和明月,终于看到了尽头

2

下雪的时候到了,泰山的
松林缓慢地摇动着,一只灰喜鹊
向着暮色飞去,仿佛一个远走的人
又回到他连绵的阴影中。这失落破旧的
结局,让冷寂的月光变得迟钝
涣散的雪咬紧牙关,为灵魂的失守者
虚构一个可供挥霍的世界
一场雪,一个人。有时候
也是一个死结

冬至大如年

银杏大道

3

天空犹存戾气,翅膀埋下深渊

在雾霾为尊的时代,菩萨心肠的阿胶

看见了骨头,在光阴深处被四处叫卖

那么远的雪就要来了,自成逻辑

那么干净的身子,就要毁在尘世

让干裂、寒冷受伤,并恢复一个季节雪崩般的

悲怆

4

在雪面前,我渴望把灵魂掏空

让思想的阴影和伤痕累累的皮囊

在一个时代的消亡中坐落成麻木的墓碑

让安静的汉字,记下阿胶的温度

记下微薄的一丝善念和那场雪来临之前

世界轻微的一次转身

冬至贴

草尖上迟疑的水滴,已不动荡

风只给风传递口信。而水也不能继续

洗水。偶尔从树枝上掉下的

最后的落叶,像忏悔,冷至骨髓

季节也像命运,走老路,念旧符

总让人在明媚中看到无辜的灰尘
虚妄的肉身,奢望过谷种的白骨
脚下却是废墟,没有泥土的慈悲
老家的小院里已堆放了过冬的炭块
可是,我的身体里暂时还没有地方
储存这些与雪花作对的东西

(王志彦[山西雁],当代诗人,《太行诗刊》总编。曾获得"第二届李白诗歌奖""第二届中国天津诗歌奖""第三届中国曹植诗歌奖金奖"等全国性文学奖项六十余项;诗作入选《世界现当代经典诗选》《新世纪好诗选》[2000-2014]《2014中国诗歌排行榜》《2016中国散文诗精选》《中国2016年度诗歌精选》等多种选本,出版诗集《低处的火焰》《雁行书》《良心书》等。)

阿井记(外一首)

杜立明

月亮掉在大地砸出这口深井
涌出清冽之泉,以做梳妆之用
时间久了终于明白
井里面,藏着另外一个自己
王不能把井拿走
于是给它盖上皇印
大将尉迟恭来到东阿县声势浩大
这口井,异常安静
他像一个修炼多年的隐士
没人知晓他一路迤逦来自哪里
在那里,我们淘出来无数个月亮
淘出来干干净净的寂寞和霜雪

好多旧得像酒的日子也都在那里
等着熬制，加上一些淡淡的忧愁
制成一味疗愈灵魂的中药
饮这口井的水，像阅读斑驳的碑帖
储存在里面的民族的气息
只有通过熬制
才能散发出来阵阵的香气
他像一道通天的麻绳
这头拴着我，另一头拴着太多的记忆
这是劈不开，拿不走的
一场没完没了的大戏
他的，你的，每一个爱情也是
在无限的绝望中绵延
总是那么清清白白，用刚好的月亮盛着
井边的栏杆不高不矮，斜靠着爱情的光辉
这个世界，没有什么是可以装饰爱情的
他好像就在那里
这口井和大海有一个共同之处
我们都无法带走
他就是一个缩小的大海
静下来，你可以听到他无限澎湃的呼喊
巨大到完全把世界淹没
今夕何夕，在这口井的面前
我发现自己也是一口深不可测的井
住着一枚安静的月亮和

阿水环绕的七星岛

随风微动的草木

阿胶印象记

核桃,芝麻以及山野的阳光
取洗过月亮的阿井之水
再加上生命的奔波,一起熬制
香气出来的时候,春夏秋冬四个季节
也一起来了
这个世界总有我们迷恋的那一部分

我们把每一味药如爱情一般打理

体贴入微,在那里

闻到故乡一样的气息

披着茅草的山野小屋,和草丛里

伸出来的探测器

一簇簇的,耐不住寂寞的红果

把一味中药(一块阿胶)也形容成为爱情

这需要多么巨大的勇气啊

一根小小的火柴藏着一朵红色的光

如果你能守口如瓶,也把我熬制在

这缕胶香里,和时光一起

和你如此亲近,你却一无所知

(杜立明,山东聊城人,现居淄博。生于七十年代,写诗,兼及小说、散文。著有诗歌集《五月的最后一天》《四月》《我的诗经》。中国作家协会会员,淄博市首届签约作家,山东首届作家研究生班学员,鲁迅文学院山东中青年作家研修班学员。)

冬至,在雪的田野上走了很久(组诗)

蒋志武

冬至,在东阿县

冬至,东阿县的树林蹲伏着
空中架起的玻璃廊桥有人走过
而喜鹊在东阿的半空中倾斜着飞翔时
突然又停顿在半空中,它没有下坠
也没有发出声音
似乎在亲吻天空中凝固的夜色和时间
洛神湖公园的波纹像语言一样紧绷
鱼山,一条静止的鱼,渴望爬入滚滚黄河
只有在绝对的遗忘中来到东阿
才能进入时间的内部,这冬至,小雪加深

微尘不再漂浮,它们将成为我们抒写的静物
曹植墓,安葬了历史,也让历史疼痛
光开始重新流动
阿胶的香味,如生活的香味一样让人迷乱
在这里,我忘记了和谁亲吻
但我想起了一个约定,生活要继续下去
一只平庸的鸟也有自己的天空

灰色的冬至啊

一条消失在灰色冬至的山峦隐去了轮廓
一只鸟的鸣叫中带有思想的盐分
在东阿,灰色的冬至啊,时间第一次这样奢侈
而梦仍然由夜晚把控
冬至的迷宫,街道的尽头,一只空瓶子
灰色的瓶子中是世界的空洞
冬至,让人疼爱的曲子,颓废的老人
以及置于广大空间中的窒息,或者柔软
他们统统都是沧桑的孩子
我即将用灰色覆盖住微观的事物
在催眠般的白雪里,大地如此安详
阴阳开始交割,荣耀转身
美丽的黑夜就要来临
她要清洗白天的脏衣服,直到黎明时干净

冬至前的早晨下起了雪

早晨下起了雪,但并不会让我虚弱
冬至,万物离死亡越近,新生就会到来
我迷恋于那些敢于消逝的品质
而瓦砾中藏有去年的火
它将在一切高于诗歌的地方焚烧自己
冬至前的早晨下起了雪,棉花般的雪
向着屋顶滑去,如果你我都有失败的生活
一定是还在寻找生活的密匙,是的
总有一些事物迫使我们回忆,也迫使我们哭泣
下一场雪,就是在艰难地打通一条通道
冬至,在雪的田野上走了很久
我不曾看见一个人,也不曾向一个人问好
只是隐隐约约看到一个身影
似乎想看看我怎么样了
穿过飞旋的雪花,向我走来

冬至,最后的祝酒词

倾听,蝴蝶在翻身,一辆老式单车
游过夜空,穿过了障碍的命运
冬至,一根弦在风和心之间暗示我
要避免陷入自己的深渊

谁还在那里等待？当你的心还在追逐和奔跑

桥梁已放置了巨大的铁鸟

那些迷离的诗句仍有深深的撒痕

我不羡慕，也不惊奇，在面对一扇开启的窗

唯有寒意和沉默能够打动我

爱，如果被证明存在，冬至，最后的祝酒词

我们会写下什么样的言语

当心里的闪电放下刀具，星空，泪水透明

我披上厚厚的棉袄，走进一栋矮楼

同样也走进冬季里最后的消瘦

东阿阿阿胶杯·冬至情二等奖

（蒋志武，男，青年诗人，中国作协会员。诗歌入选《2015年中国诗歌精选》《2016中国最佳诗歌》等50个诗歌选本，曾获2015《鹿鸣》年度诗歌奖，出版诗集《万物皆有秘密的背影》等3部。）

雪花辞(组诗)

艾川

雪与岁月

有时候
雪趴在房檐上看我们
这些从唐朝或宋朝赶来的雪
静静地趴在残破的瓦片上
看我们

一个冬天
又一个冬天,没日没夜地看
不厌其烦地看。前面的雪还没有看够
后面的雪跟着就来了
厚厚的雪

冬至大如年

雪中的阿胶世界

趴在房檐上看我们
厚厚的雪摁住晃动不止的瓦片
不顾一切地看我们

看着看着
雪忍不住流出了泪水
沿岁月的缝隙
从残破的瓦片上
滴下来
落入我们空荡荡的房间

而更多的雪，爬上房顶
爬上山坡，爬上故人坟头
而更多的雪，铺开旷野和人世
给岁月，印上一行渐行渐远的马蹄

雪花织网

雪花在编织一张洁白的大网
如果天黑前还没有织好
那么一些人和事
会伺机成为漏网之鱼

比如天黑前离家出走的二叔
一场厚厚的大雪

硬是没有把他覆盖住

一晃几十年过去了
一个手持拐杖的老人,蹒跚着
走向飘雪的村口
他要赶在天黑之前
把一条愧疚的鱼
放回当年那张温暖的厚厚的大网里

雪花咬着故乡的一角

我把故乡捏在手里
此刻的故乡是一张薄薄的车票
天空阴冷
但手心里的一个地名多么温暖

下雪了
雪花像飞舞的白蚂蚁
咬在脸上,有点冷,有点痛
也有点暖

白蚂蚁仿佛嗅到了什么
从我指缝间咬故乡的一角
咬一口,牺牲一只
不大一会,牺牲了一大群

它们咬得越猛
我把故乡就攥得越紧
但还是被咬湿了一角,湿漉漉的故乡
被记忆的炉火慢慢烘干

雪花飞舞

甚至树枝、草垛和行人的肩膀
都是为雪花设置的,一朵雪花落下来
人间必有一处微小的缝隙接住它

甚至炊烟、飞鸟和单调的房舍
也是为雪花设置的,一朵雪花落下来
必有一个手心里的小深渊融化它

我喜欢看雪花飞舞的样子
旋转着,像一把刀子在骨头里搅动
仿佛雪花不是雪花,是骨头的碎屑
纷纷扬扬,落在生活的旧瓷器上

落在旧瓷器尚未到来的裂纹里
落在大地的妊娠纹里。而我起草的一堆颂词
也在青青的炉火边飞舞起来
在手心的小深渊里枯萎、凋谢

白雪

山下已是春意浓浓
山顶上的雪
还执拗着
迟迟不肯融化

送葬的队伍从山下经过
撒一路洁白的花朵
风一吹,飘向远方

越飘越高
若干年后
成一团厚重的云絮
压住巍峨的山头

深山有雪
一把由寒冷打造的刀子
忍不住向寒冷刺了过去
雪花疗伤
在庸常的生活里,山顶是一处遥不可及的病灶

鹰逆着从伤口里冒出的寒气
或盘旋,或俯冲,或栖落

犹如一粒黑药丸

被掷向一纸洁白的处方

被云雾和鹤豢养的深山,越来越虚空

只有坐怀不乱的人

才能压住满寺的寂静

而桃花是一个开错的药方

与山顶的积雪不可同时煎服

怀揣素琴的人

一边被自己的影子紧紧拽着

一边与山风推搡,与流泉嬉戏

而浑然不觉,陷入深山巨大的虚空里

此处,只有白雪,没有人世

雪花想我

雪花想我,乌黑着脸

躲在云层里唱歌,也不知为什么

北风一个劲地吹,落叶和野兔子赛跑

一道道沟坎都拦不住。远山匍匐,恭手让出旷野

掉光叶子的钻天杨,也毕恭毕敬地站在尘世里

梅花想我,幸好有一处旧城墙

供疲惫的腰身倚靠,幸好梅花不识字

不认识旧城墙上一个斗大的红色"拆"字
它还以为是一朵硕大的杜鹃呢,要与它争奇斗艳
看似淡泊的梅花也身怀绝技
想一个人时,就动用全部的暗香

北风吹,雪花飘,梅花开
白茫茫的旷野上,你看不出岁月有多深多浅
淡淡的花香里,梅花借我一支孤笔
去临摹它环肥燕瘦的一阕河山

一匹快马也想我,由于草径被雪捂着
扬起的四蹄迟迟不落,雪,也加速想我
把村庄还给大地,把寒梅还给枯枝
把一个孤零零的坟头,还给日思夜想的我

霜降大地

霜降大地
一场浅白的叙述尚未抵达
河流在拐弯的地方依旧拐弯
钟在被敲的时候依旧发出清越的声响

同时发出声响的还有空谷野村
和一颗独坐窗前的心
候鸟的翅膀里裹着季节轮回的消息

如同裹着一粒松动的干果

霜降大地
万物回到自身的道场
石头的缝隙里塞满石头的哑语
废弃的剧场，唱词搂着草根入睡

吹唢呐的人，依旧吹吹打打
蹚过一场红事一场白事
蹚过一条条岁月的河
世态炎凉，任他吹打

霜降大地
万物回到自身的道场
拴马的木桩不翼而飞
大地的白纸上，只留下点点墨迹

东阿阿阿胶杯·冬至情优秀奖

（庞小伟，笔名艾川，河南省作协会员。习诗多年，曾在《星星》《诗刊》《扬子江诗刊》《青年文学》《解放军文艺》等刊物发表诗作。）

左右的冬至(组诗)

左右

冬至夜歌

长安街边的树,还是一百年前断壁残垣那样黑
落在雪天的车,刮开夜的孤独

我用影子的手,抓住铁栏长长的尾巴
一个流浪的穷人,口中念出金子般的词。雪花一直围着他跳舞

冬至

在翠华山,请记住透镜的水底游弋的鱼群
遇寒即化的冰凌
桂树与狂风散布可爱的谎言:那些团团的白绒毛
是异乡人温暖的围巾
它们总找不见春水遗失的鱼饵

谁帮我带走冬天的忧伤

冬至还没来,人们开始期盼落雪花

打雪仗,观雪景,做雪事

可是我一想到下雪,我就担心

远在太平峪国家森林公园

海拔四千米工地上的父亲

这个最寒冷的冬天,如果下起大雪

他和工地上的工人们穿不暖,吃不饱,找不下活儿

完不成高空作业

更后怕的担心令我无法想象:他们不小心从雪山上滑倒

从高高的断崖,像雪花一样轻轻飘落

东阿阿阿胶杯·冬至情优秀奖

(左右,职业编剧。出版有诗集 6 部。2016 年参加《诗刊》社第三十二届青春诗会,现居西安。)

冬至的语言

庄海君

1

今年的冬至来得早
和老家的味道一起
走进祖母喊出的日子
天还亮,窗外的风已碎落一地
远处街灯一片,醉在雨中
摇晃着这个城市的节令
往事里有过饥饿的欲望
与一阵骚动互赠想象
一回首,剪下雪地里的场景
身影被分割,表情单一
童年里的时间还在逃离
从未遗忘云上的故乡

背上柔情的旅途

将日夜折叠

回到那片寂静的土地

看一看亲人

用冬至写下的语言

2

阳光抚摸下的时辰，拉长一村的炊烟

蜂窝煤藏着节气的梦，一俯身

仰望已被北风深埋，坠落成寒气

那个习惯用年轮圈点冬至的人

画完最后一颗汤圆，顺手扑灭窗外的呼吸

寂寞是鲜活的，样子很模糊

以最小的高度整合一点的方向

葭灰被孤独放逐，霜雪在路上

冰冻一条河流，像不羁的笔墨

覆盖纸上的语言，章法与符号

如前世今生的恋人，擦身而过

石桥下的等待，月光沧桑老去

那年走失的习俗，带一冬的乡音

在村口，雕刻成亲人的墓碑

走近你的身影，名字是故乡的伤口

灵魂转身，碰疼自己的童年

回忆终被夜色冷却，消瘦的

三分之二，是冬至的全部

3

晚秋在雪地里虚构的这些年
冬天最沉寂，一片与风走失的落叶
垂落在远逝的影子里，脚印低语着
内心住着暮色后的风声，从童年那盏油灯记起
祖母在柴房用仅剩的稻草写诗
诗句是倒影在风中的岁月，彻夜无眠
挖空眼里的语言，直至生活在脸上
紧缩成一枚赤字，飘零挤满指间
痛楚的泪痕被雪化，拽一袋
风中的日子，与记忆一同上路
雪花飘落的方向，写满乡愁
路口的寒冷从那一行熟悉的文字开始
淋碎了风中行走的灵魂及其他
掌心的细纹扛着昨夜的梦
多少次忆起，多少次遗忘了年华
情节停留在那一抹被落日压弯的炊烟里
车站的身影怀抱着列车的背影
深情写在落叶的叹息中，写不进的故事
躺过生活的涩味，一停顿
弧线成了故乡的伤口
脚下的青春，在奔跑中旋转

诗 歌

秋日的阿胶世界

拭去雪迹的疼痛,色彩脱落
一张掉色的车票与一列晚点的火车
还有那些背着乡音等待的人
一定有我爱的人,和我站在一起

(庄海君,"周末诗会微平台"策划人,第二届中国网络诗人高研班学员。中国诗歌学会会员,广东省作协会员。有作品发表于《扬子江》《绿风》《散文诗》《淮风》《星河》等报刊,偶有获奖。出版诗集《风与花的爱情》《十个太阳》等5部。)

诗 歌

黄昏(十二首)

王桂林

黄昏

我用整个黄昏在这里想你——
巨大的黄昏,光影模糊,鸟声遥远……

没有一个人在我身边停下,
我站在路边,和黄昏一样模糊,孤单。

而黄昏的蜜呀——你知道的——

桃花姬

大陵曰阿。

大清河河曲的大陵曰东阿。
东阿之阳桃花开,有女名曰桃花姬。
阳阿奏奇舞啊,一舞天下名。
东阿王,曹子建,
七步诗,今安在?
桃花流水共名姬,与我弹瑟亲真颜。

蓝帽子

蓝帽子。对。请叫我蓝帽子
我戴在涨红的脸上
我戴在香甜的头上
我戴着香甜的蓝帽子

请叫我蓝帽子。蓝帽子
我听到梵婀铃的琴声
我就快乐地跳舞
我是快乐又健康的蓝帽子

对。健康的蓝帽子
我不是红色的,不是白色的
不是绿色的,也不是黑色的
我就是蓝色的蓝帽子

老人们喜欢我的蓝帽子

女人们喜欢我的蓝帽子
孩子们更喜欢我的蓝帽子
当然我也喜欢我的蓝帽子

对。我喜欢我的蓝帽子
我戴在阿胶金丝枣的头上
但不要叫我阿胶金丝枣
就请叫我蓝帽子。蓝帽子

就像阿胶,又甜,又暖,又松软……

东阿

没有一个亲人的东阿我此刻想念它
有无数亲人的东阿我此刻忘记它
大运河的桨声远了
沉钟,在河水深处褪去了颜色

高出平原的东阿还会不会俯身
向昨日,照临它的前世
此刻我坐在黄河口的防波堤上,遥望西南
——盛产阿胶的东阿紧挨着大运河

冬至大如年

夜晚的药王山

瓦伦丁

珍宝和金钱都不是瓦伦丁
我的瓦伦丁是你的歌声
你的歌声里有毁灭的力量
即使毁灭我也要瓦伦丁

你的歌是我的瓦伦丁
你的笑是我的瓦伦丁
你的呻吟是我的瓦伦丁
你只要开口,瓦伦丁,瓦伦丁

我期待我的瓦伦丁
就像老臣期待着君主垂青
就像杨贵妃期待那阿胶三盏
一声惊喜,一串瓦伦丁

颤抖的心听见瓦伦丁更加颤抖
啊你,啊瓦伦丁

药王山

喜鹊一叫
药王山的灯火就灭了

洛神湖的湖水就亮了
我像一棵药草在露水中现身
等待一只圣手的采摘

药王从药王山上下来
带着锄头,镐头,和药袋
他会在百草中将我发现
这是药王的使命
也是命运对我的安排

夜晚

不用回到床上也能进入睡眠
再晚的晚饭也让我觉得感念
一天又过去了,这很好
电视里仍然有不太新鲜的新闻
妻子熬着阿胶膏,还是昨天的容颜
邻家的狗叫了两声就不叫了
我很放心——
月亮进入客厅的通道有足够宽

东阿阿胶

没有上帝我不会来到耶路撒冷
在客西马尼园和圣殿山上祷告与哭泣

没有印加我不会来到马丘比丘
在一个帝国的回忆里高唱山鹰之歌
我需要信仰,激情,也需要关怀
爱,以及滋养生命真颜的所有
因此,没有阿胶我也不会来到东阿

黑驴王子

在东阿阿胶繁育中心
你第一次被我看见
黑色的蹄子黑色的金
黑色的毛皮黑色的缎
在你的王国里
只因你足够黑
才成为黑驴王子
只因你有足够的力量
才赢得赞誉和尊严
你的黑色里
汹涌着激流和雷暴
你的黑色里埋伏着闪电
你一旦咆哮
天空就会炸裂
你一旦奔走
大地就会震颤
黑驴王子,此刻

请允许我替白马王子

向你表示致歉——

长期被光环笼罩的它

怎能理解你的倔强

懂得你的傲慢

人人称赞的高贵

未必是真正的高贵

默默坚守的尊严

才是真正的尊严

你是生命之火的化身

你时刻燃烧着

黑色的光焰

你传递的能量

岂止到达我的肌肤

你传递的能量

直抵我的心田

我要为你唱一曲

黑驴王子之歌

为你黑色的雷暴黑色的血

黑色的激流和

黑色的闪电

去爬山·胖大海

去爬山的念头

和胖大海一样真实得
可以摸捏。
我嗜烟,每日两包,
以至于经常肺热,
咽部干涩。
爬山,和胖大海
还有阿胶
据说具有相同的
功效:缓解胸部的沉闷,释放
喉咙里长期忍耐的
难以言说。
现在,我写下爬山,
想象着从山脚
向山顶攀登的
巨大激动,一颗胖大海
刚好在水杯里
涨大,慢慢散开——
它阿胶色的触须
在水中伸展,
状如浮藻。

诱惑

我追逐语感,远远超过
语义。沉醉于苹果的芳香,

亦胜于咬破圆满,吐出渣滓
和果核。
逝去的清晰可辨。
眼前的含混不明。
我总是无奈地,沿着滑梯滑落,
或者恰好,激情澎湃地
站在激流上。
我不是仅仅
靠玉米,阿胶,词语和爱,
也不是靠什么梦,
才挨过这一天,又一天。

独自

1

你独自来到这个世界
独自向陌生的天空
哭诉出第一声。风和云彩
不知道你的烦恼
你自己也未必全部知道
太阳独自升起,旋转
然后独自沉落。巨大的黑夜
一个梦,被你独自梦着

诗 歌

阿胶的香味，
如生活的香味一样让人迷乱

2

先是被乳汁哺育

被阿胶滋养,被驴骨

一次次磨砺,之后

被逐渐抛弃,学会独自砍伐

你的欢乐独自

你的叹息独自

你的疼痛,愤怒,独自

你独自的眼泪独自酸,独自咸

3

独自在大地上行走

像独自流淌的江河,途经

山谷,险滩,高耸的岩石

独自向东,再向东,那里

你独自的归宿

一片独自汹涌的大海

(王桂林,笔名杜衡,中国作家协会会员。作品曾在《人民文学》《诗刊》《秋水》《创世纪》等海内外媒体发表。著有诗集《草叶上的海》《变幻的河水》等多部。为黄河口诗人部落主要发起人,主编诗集《黄河口诗人部落》。)